之前 没有真相

阅

午夜文库

阿加莎·克里斯蒂
侦探小说

阿加莎·克里斯蒂
Agatha Christie (1890—1976)

无可争议的侦探小说女王，侦探文学史上最伟大的作家之一。

阿加莎·克里斯蒂原名为阿加莎·玛丽·克拉丽莎·米勒，一八九〇年九月十五日生于英国德文郡托基的阿什菲尔德宅邸。她几乎没有接受过正规的教育，但酷爱阅读，尤其痴迷于歇洛克·福尔摩斯的故事。

第一次世界大战期间，阿加莎·克里斯蒂成了一名志愿者。战争结束后，她创作了自己的第一部侦探小说《斯泰尔斯庄园奇案》。几经周折，作品于一九二〇年正式出版，由此开启了克里斯蒂辉煌的创作生涯。一九二六年，《罗杰疑案》由哈珀柯林斯出版公司出版。这部作品一举奠定了阿加莎·克里斯蒂在侦探文学领域不可撼动的地位。之后，她又陆续出版了《东方快车谋杀案》《ABC谋杀案》《尼罗河上的惨案》《无人生还》《阳光下的罪恶》等脍炙人口的作品。时至今日，这些作品依然是世界侦探文学宝库里最宝贵的财富。根据她的小说改编而成的舞台剧《捕鼠器》，已经成为世界上公演场次最多的剧目；而在影视改编方面，《东方快车谋杀案》为英格丽·褒曼斩获奥斯卡大奖,《尼罗河上的惨案》更是成为几代人心目中的经典。

　　阿加莎·克里斯蒂的创作生涯持续了五十余年,总共创作了八十余部侦探小说。她的作品畅销全世界一百多个国家和地区,累计销量已经突破二十亿册。她创造的小胡子侦探波洛和老处女侦探马普尔小姐为读者津津乐道。阿加莎·克里斯蒂是柯南·道尔之后最伟大的侦探小说作家,是侦探文学黄金时代的开创者和集大成者。一九七一年,英国女王授予克里斯蒂爵士称号,以表彰其不朽的贡献。

　　一九七六年一月十二日,阿加莎·克里斯蒂逝世于英国牛津郡沃灵福德家中,被安葬于牛津郡的圣玛丽教堂墓园,享年八十五岁。

阿加莎·克里斯蒂 侦探作品年表

波洛系列

1920　The Mysterious Affair at Styles《斯泰尔斯庄园奇案》
1923　Murder on the Links《高尔夫球场命案》
1924　Poirot Investigates《首相绑架案》
1926　The Murder of Roger Ackroyd《罗杰疑案》
1927　The Big Four《四魔头》
1928　The Mystery of the Blue Train《蓝色列车之谜》
1932　Peril at End House《悬崖山庄奇案》
1933　Lord Edgware Dies《人性记录》
1934　Murder on the Orient Express《东方快车谋杀案》
1935　Three—Act Tragedy《三幕悲剧》
1935　Death in the Clouds《云中命案》
1936　The ABC Murders《ABC谋杀案》
1936　Murder in Mesopotamia《古墓之谜》
1936　Cards on the Table《底牌》
1937　Dumb Witness《沉默的证人》
1937　Death on the Nile《尼罗河上的惨案》
1937　Murder in the Mews《幽巷谋杀案》
1938　Appointment with Death《死亡约会》
1938　Hercule Poirot's Christmas《波洛圣诞探案记》
1940　Sad Cypress《H庄园的午餐》
1940　One, Two, Buckle My Shoe《牙医谋杀案》
1941　Evil Under the Sun《阳光下的罪恶》
1943　Five Little Pigs《五只小猪》
1946　The Hollow《空幻之屋》
1947　The Labours of Hercules《赫尔克里·波洛的丰功伟绩》
1948　Taken at the Flood《顺水推舟》
1952　Mrs. McGinty's Dead《清洁女工之死》
1953　After the Funeral《葬礼之后》
1955　Hickory Dickory Dock《山核桃大街谋杀案》
1956　Dead Man's Folly《弄假成真》
1959　Cat Among the Pigeons《鸽群中的猫》
1960　The Adventure of the Christmas Pudding《雪地上的女尸》

阿加莎·克里斯蒂 侦探作品年表

1963　The Clocks《怪钟疑案》
1966　Third Girl《第三个女郎》
1969　Hallowe'en Party《万圣节前夜的谋杀》
1972　Elephants Can Remember《大象的证词》
1974　Poirot's Early Stories《蒙面女人》
1975　Curtain—Poirot's Last Case《帷幕》

马普尔小姐系列

1930　The Murder at the Vicarage《寓所谜案》
1932　The Thirteen Problems《死亡草》
1942　The Body in the Library《藏书室女尸之谜》
1943　The Moving Finger《魔手》
1950　A Murder Is Announced《谋杀启事》
1952　They Do It with Mirrors《借镜杀人》
1953　A Pocket Full of Rye《黑麦奇案》
1957　4.50 from Paddington《命案目睹记》
1962　The Mirror Crack'd from Side to side《破镜谋杀案》
1964　A Caribbean Mystery《加勒比海之谜》
1965　At Bertram's Hotel《伯特伦旅馆》
1971　Nemesis《复仇女神》
1976　Sleeping Murder《沉睡谋杀案》
1979　Miss Marple's Final Cases《马普尔小姐最后的案件》

其他系列及非系列

1922　The Secret Adversary《暗藏杀机》
1924　The Man in the Brown Suit《褐衣男子》
1925　The Secret of Chimneys《烟囱别墅之谜》
1929　Partners in Crime《犯罪团伙》
1929　The Seven Dials Mystery《七面钟之谜》
1930　The Mysterious Mr. Quin《神秘的奎因先生》
1931　The Sittaford Mystery《斯塔福特疑案》
1933　The Witness for the Prosecution and Other Stories《控方证人》
1934　Why Didn't They Ask Evans?《悬崖上的谋杀》

阿加莎·克里斯蒂 侦探作品年表

1934　The Listerdale Mystery《金色的机遇》
1934　Parker Pyne Investigates《惊险的浪漫》
1939　Murder Is Easy《逆我者亡》
1939　And Then There Were None《无人生还》
1941　N or M?《桑苏西来客》
1944　Towards Zero《零点》
1945　Sparkling Cyanide《闪光的氰化物》
1945　Death Comes as the End《死亡终局》
1949　Crooked House《怪屋》
1950　Three Blind Mice and Other Stories《三只瞎老鼠》
1951　They Came to Baghdad《他们来到巴格达》
1954　Destination Unknown《地狱之旅》
1958　Ordeal by Innocence《奉命谋杀》
1961　The Pale Horse《灰马酒店》
1967　Endless Night《长夜》
1968　By the Pricking of My Thumbs《煦阳岭的疑云》
1970　Passenger to Frankfurt《天涯过客》
1973　Postern of Fate《命运之门》
1991　Problem at Pollensa Bay《神秘的第三者》
1997　While the Light Lasts《灯火阑珊》

出版前言

纵观世界侦探文学一百七十余年的历史，如果说有谁已经超脱了这一类型文学的类型化束缚，恐怕我们只能想起两个名字——一个是虚构的人物歇洛克·福尔摩斯，而另一个便是真实的作家阿加莎·克里斯蒂。

阿加莎·克里斯蒂以她个人独特的魅力创造着侦探文学史上无数的传奇：她的创作生涯长达五十余年，一生撰写了八十余部侦探小说；她开创了侦探小说史上最著名的"黄金时代"；她让阅读从贵族走入家庭，渗透到每个人的生活中；她的作品被翻译成一百多种文字，畅销全球一百五十余个国家，作品销量与《圣经》《莎士比亚戏剧集》同列世界畅销书前三名，她的《罗杰疑案》《无人生还》《东方快车谋杀案》《尼罗河上的惨案》都是侦探小说史上的经典，她是侦探小说女王，因在侦探小说领域的独特贡献而被册封为爵士；她是侦探小说的符号和象征。她本身就是传奇。沏一杯红茶，配一张躺椅，在暖暖的阳光下读阿加莎的小说是一种生活方式，是惬意的享受，也是一种态度。

午夜文库成立之初就试图引进阿加莎的作品，但几次都与版权擦肩而过。随着午夜文库的专业化和影响力日益增强，阿加莎·克里斯蒂的版权继承人和哈珀柯林斯出版公司主动要求将版权独家授予新星出版社，并将阿加莎系列侦探小说并入午夜文库。这是对我们长期以来执着于侦探小说出版的褒奖，是对我们的信任与鼓励，更是一种压力和责任。

新版阿加莎·克里斯蒂作品由专业的侦探小说翻译家以最权威的英文版本为底本，全新翻译，并加入双语作品年表和阿加莎·克里斯蒂家族独家授权的照片、手稿等资料，力求全景展现"侦探女王"的风采与魅力。使读者不仅欣赏到作家的巧妙构思、离奇桥段和睿智语言，而且能体味到浓郁的英伦风情。

阿加莎作品的出版是一项系统工程，规模庞大，我们将努力使之臻于完美。或存在疏漏之处，欢迎方家指正。

新星出版社
午夜文库编辑部

Agatha Christie

Over the next few years, we plan to celebrate two very important Agatha Christie anniversaries. In 2015, it is the 125th anniversary of her birth in Torquay, South Devon, England, and in 2020 it will be 100 years after her first book, THE MYSTERIOUS AFFAIR AT STYLES, featuring her famous detective, Hercule Poirot, was published. This is therefore a very appropriate moment to publish a new edition of her works, and I am delighted that HarperCollins has chosen to work with New Star on these new editions. New Star is China's top crime publisher, and has a strong and dedicated editorial staff and a continued passion for Agatha Christie, making them the ideal partner. It is the right time to make these classic books available in modern translations and so to bring Agatha Christie's books anew to her many fans in China, giving them a new reason to re-read these much-loved stories, as well as introducing them to a whole new audience. How delighted Agatha Christie would have been that her stories (as she called them) are still giving so much pleasure to so many people all over the world!

I think there are two very remarkable things about Agatha Christie's stories. The first is that they are so adaptable. It doesn't really matter which language they appear in, the stories and the plots still give the same thrill, still provide the same puzzles, and the characters still have the same attraction. Readers in China will I am sure enjoy Hercule Poirot and Miss Marple just as much as we do in England, and readers in China will still be transfixed by the surprises and horrors of AND THEN THERE WERE NONE, one of the great classics of 20th century detective fiction, as we are here.

Agatha Christie

The second is that the stories give a wonderful picture of England, particularly rural England, at the time Agatha Christie lived. She wrote books from 1920 until 1970 but it is sometimes hard to tell which part of her life each book was written in. Her characters and the life they lived were very much the same. The life we all live is changing very quickly these days but the Agatha Christie world stays the same. Perhaps the Miss Marple stories provide the best example of this, and in some ways, THE BODY IN THE LIBRARY and NEMESIS are quite similar, despite the fact that thirty years elapsed between the time they were written.

Perhaps I might end by mentioning three Agatha Christies (other than the ones mentioned above) which I think demonstrate why she is so popular, even in the twenty-first century. The first is MURDER ON THE ORIENT EXPRESS, one of the most famous with one of the most ingenious and human plots. Read this on one of your long train journeys in China! Next is A MURDER IS ANNOUNCED, a Miss Marple which was her 50th book. It has my favourite murderer in it! And last is ENDLESS NIGHT a story about evil and how it affects three young people, written at the time when I knew her best, and understood how deeply she cared and sympathised with young people and the world they lived in.

Whichever are your favourites I hope you enjoy these stories that New Star are introducing to you again. I think it is a great publishing event.

Mathew
Grandson of Agatha Christie
Chairman of Agatha Christie Ltd

致中国读者
（午夜文库版阿加莎·克里斯蒂作品集序）

在未来的几年中，我们将要筹备两个非常重要的关于阿加莎·克里斯蒂的纪念日。二〇一五年是她的一百二十五岁生日——她于一八九〇年出生于英国的托基市，二〇二〇年则是她的处女作《斯泰尔斯庄园奇案》问世一百周年的日子，她笔下最著名的侦探赫尔克里·波洛就是在这本书中首次登场。因此，新星出版社为中国读者们推出全新版本的克里斯蒂作品正是恰逢其时，而且我很高兴哈珀柯林斯选择了新星来出版这一全新版本。新星出版社是中国最好的侦探小说出版机构，拥有强大而且专业的编辑团队，并且对阿加莎·克里斯蒂的作品极有热情，这使得他们成为我们最理想的合作伙伴。如今正是一个良机，可以将这些经典作品重新翻译为更现代、更权威的版本，带给她的中国书迷，让大家有理由重温这些备受喜爱的故事，同时也可以将它们介绍给新的读者。如果阿加莎·克里斯蒂知道她的小故事们（她这样称呼自己的这些作品）仍然能给世界上这么多人带来如此巨大的阅读享受，该有多么高兴啊！

我认为阿加莎·克里斯蒂的作品有两个非常重要的特征。首先它们是非常易于理解的。无论以哪种语言呈现，故事和情节都同样惊险刺激，呈现给读者的谜团都同样精彩，而书中人物的魅力也丝毫不受影响。我完全可以肯定，中国的读者能够像我们英国人一样充分享受赫尔克里·波洛和马普尔小姐带来的乐趣；中国读者也会和我们一样，读到二十世纪最伟大的侦探经典作品——比如《无人生还》——的时候，被震惊和恐惧牢牢钉在原地。

第二个特征是这些故事给我们展开了一幅英格兰的精彩画卷，特别是阿加莎·克里斯蒂那个年代的英国乡村。她的作品写于二十世纪二十年代至七十年代间，不过有时候很难说清楚每一本书是在她人生中的哪一段日子里写下的。她笔下的人物，以及他们的生活，多多少少都有些相似。如今，我们的生活瞬息万变，但"阿加莎·克里斯蒂的世界"依旧永恒。也许马普尔小姐的故事提供了最好的范例：《藏书室女尸之谜》与《复仇女神》看起来颇为相似，但实际上它们的创作年代竟然相差了三十年。

最后，我想提三本书，在我心目中（除了上面提过的几本之外）这几本最能说明克里斯蒂为什么能够一直受到大家的喜爱。首先是《东方快车谋杀案》，最著名，也是最机智巧妙、最有人性的一本。当你在中国乘火车长途旅行时，不妨拿出来读读吧！第二本是《谋杀启事》，一个马普尔小姐系列的故事，也是克里斯蒂的第五十本著作。这本书里的诡计是我个人最喜欢的。最后是《长夜》，一个关于邪恶如何影响三个年轻人生活的故事。这本书的写作时间正是我最了解她的时候。我能体会到她对年轻人以及他们生活的世界关心至深。

现在新星出版社重新将这些故事奉献给了读者。无论你最爱的是哪一本，我都希望你能感受到这份快乐。我相信这是出版界的一件盛事。

阿加莎·克里斯蒂外孙

阿加莎·克里斯蒂有限责任公司董事长

马修·普理查德

二〇一三年二月二十日

阿加莎·克里斯蒂侦探小说全集⑮

怪屋
Crooked House

[英]阿加莎·克里斯蒂 著
陈杰 译

新 星 出 版 社　NEW STAR PRESS

第一章

战争行将结束的时候，我在埃及结识了索菲娅·利奥尼迪斯。她在外交部驻埃及的派出机构担任相当高的管理职位。我和她是在公务场合相识的。尽管当时索菲娅还非常年轻——时年二十二岁——但我马上便对她青云直上所凭借的超高效率佩服得五体投地。

除了顺眼的长相以外，她还具有敏锐的思考力和令人轻松愉悦的幽默感。我们很快便成了朋友。她是个很容易打交道的人。我们经常一起吃饭，有时还会出去跳跳舞。

当时我并没有什么别的想法。只是在欧战临近结束、被征调到东方战场时才产生了一种强烈的意愿：我爱着索菲娅，我想娶她为妻。

感知到这一点的时候，我们正在牧羊人餐厅吃饭。对我来说这不过是确认了一个长久以来已经知晓的事实而已，所以一点儿都没觉得吃惊。我用一种全新的目光看待她——不过看到的还是长久以来已经熟稔的那个她。我喜欢自己所面对的一切：我喜欢她前额上调皮地摆动的黑发，喜欢她生动的蓝眼睛，喜欢她不屈不挠的扁平下巴，也喜欢她那直勾勾的鼻子。

同时我也非常欣赏她身上裁剪得体的淡灰色套装和笔挺的白衬衫。对三年没看到故土的我来说，索菲娅散发出一种强烈的英伦气质。我觉得没人比她更英国化了——这么想的时候，我突然疑窦顿生：索菲娅真的像外表显露的那样英国化吗？她的内在是否和外表一样完美无缺呢？

当我们交谈或者讨论诸如好恶、将来以及朋友同事之类的话题时，我经常会意识到这个问题：索菲娅从没在我面前提过她的故乡和家庭背景。

她知道我的一切——如同刚刚指出的那样，她是一个非常好的倾听者——我对她却一无所知。她的过去应该不会与常人有太大区别，但她从来没提过这一点，直到现在我还对她的家世毫不了解。

索菲娅问我在想什么。

我老实告诉她："我在琢磨你。"

"我明白。"她说话的语气好像真明白我在想什么似的。

"我们也许要分开几年，"我说，"我不知道何时才能返回英国。但只要回到英国，我便会马上来见你，请求你嫁给我。"

她压根儿没表现出惊讶，只是避开我的视线，坐在那里，一个劲儿抽烟。一时间我担心她没理解我的话。

"有件事我绝不会做，"我告诉她，"我不会现在向你求婚。这是行不通的。首先你也许会拒绝我。这样的话我会黯然离去，也许会为了维护虚荣的自尊心而和某个不堪的妇人鬼混在一起。即便你没拒绝我，我们又能怎样呢？结了婚马上离别吗？订婚以后两地相守吗？我不忍心让你这么做。在此期间，你也许会遇上其他人，又因为要'忠诚于我'感到有所束缚。我们生活在一个风云变幻的诡异时代，聚散离合天天在我们周围发生。我希望你自由独立地回到国内，揣摩好战后的形势再决定未来该怎样做。索菲娅，如果能和你结婚的话，我们必须长相厮守，任何其他的婚姻形式都是我不能接受的。"

"我也一样。"索菲娅说。

"另外,"我说,"我觉得有必要让你知道——我觉得有必要让你知道我对你的感情。"

"不带过分的抒情色彩吗?"索菲娅轻声问。

"亲爱的,难道你还不明白吗?我克制着自己不说爱你——"

她打断了我的话。

"查尔斯,我明白。我喜欢你处理事情的有趣方法。如果到时候你依然爱着我的话,那你就来——"

这次轮到我打断她的话了。

"这点是毫无疑问的。"

"查尔斯,任何事都会有疑问。美梦总是会被不可估测的因素打破。别的不说,其实你根本不了解我,难道不是吗?"

"我甚至不知道你在英国的住址。"

"我住在斯温利。"

我点点头,表示知道那处位于伦敦远郊,拥有三家为城里金融家服务的顶级高尔夫球场的地方。

她用恍惚的声音轻声补充道:"在一处奇形怪状的小屋……"

我看上去一定有几分讶异,因为她似乎被逗乐了,向我强调:"他们都住在一幢狭小的怪房子里,我所说的'他们'其实指的是'我们',地方也没那么小。不过奇形怪状倒是真的——木头骨架露在山墙外面,外观歪歪扭扭的。"

"你们是个大家庭吗?有很多兄弟姐妹吗?"

"一个弟弟,一个妹妹。还有爸爸,妈妈,叔叔,婶婶,爷爷,叔祖母和继祖母。"

"老天哪!"我不禁惊呼道。

她被我逗乐了。

"其实我们以前并不住在一起。这种状况是战争和空袭造成的,只是我不知道——"沉思的时候她不禁皱起了眉头,"也许从精神上来说我们一直都住在一起吧——在爷爷的监督和保护下住在一起。我爷爷相当了不起。他今年八十多岁,身高不到一米五,但任何人和他站在一起都会相形失色。"

"听起来很有趣。"我说。

"他的确是个非常有趣的人。他叫阿里斯蒂德·利奥尼迪斯,是个来自斯麦纳的希腊人。"说到这儿时她的眼睛闪闪发亮,"我爷爷相当有钱。"

"战争结束后还有什么人会有钱呢?"

"我爷爷会的,"索菲娅满怀信心地说,"吸干富人的策略奈何不了他,他反倒会从那些压榨富人者身上捞金。不知道你会不会喜欢上他。"

"你喜欢他吗?"我问。

"胜过世界上的所有人。"她说。

第二章

两年多以后我才回到英国。这两年非常难熬。我和索菲娅之间经常有书信来往。她的信件和我的一样不能算作情书,只是些密友间的通信——信里包含一些观点和看法,还有许多对日常生活的感触。然而不论在我自己、还是在索菲娅那方面,我们对彼此的感情反而日久弥坚了,我深信着这一点。

九月灰蒙蒙的一天,我回到了英格兰。树上的叶子在暮光中泛出金色。风一阵阵地吹着。我在机场给索菲娅打了个电报。

刚刚着陆。晚上九点与你在马里奥餐馆共进晚餐。查尔斯。

几小时后,我静下心来坐着看《泰晤士报》,很快就注意到了"婚丧嫁娶"栏目里利奥尼迪斯这个姓氏:

先夫阿里斯蒂德·利奥尼迪斯九月十九日恸于斯温利山形墙自宅,享年八十五岁。未亡人布兰达·利奥尼迪斯泣告。

下面紧跟着另一条讣告:

利奥尼迪斯家公告。阿里斯蒂德·利奥尼迪斯突然于斯温利山形墙自宅离世。儿女和众孙辈扼腕。鲜花请送至斯温利山埃尔德里德教堂。

我觉得这两份公告的刊登方式非常奇怪,似乎出了编辑上的错误,重复了。
但我最关心的还是索菲亚,连忙给她发了第二封电报。

刚看到你爷爷的死讯,我感到非常难过。见面另约。查尔斯。

晚上六点,我在父亲家里接到了索菲亚的回电。

晚上九点在马里奥餐馆,维持约定不变。索菲亚。

和索菲亚重逢的想法使我既紧张又喜悦。接下来的几个小时漫长得叫人心焦。我比约定的时间早了二十分钟到达马里奥餐馆,索菲亚只晚了五分钟。
与你魂牵梦萦的人在离别了很长时间以后重逢,总会令人有那么一点儿震惊。当索菲亚通过旋转门走进餐馆时,我产生了一种亦真亦幻的感觉。索菲亚裹住全身的一袭黑衣震动了我。在场的大多数女人都穿着黑衣,但索菲亚的衣服一看就知道是丧服。在我看来,她不像是那种会在公开场合穿着丧服的人,即便是为了近亲。
我们喝了鸡尾酒,然后找了张桌子坐下。我们的谈话非常热切,聊着开罗的那些旧友。尽管看似有些造作,这个话题却帮我们化解了最初的尴尬。

我对索菲娅祖父的死表达了哀悼之意,她却平静地说事情来得非常"突然"。接着我们又开始回忆往事。我开始不安地感到有些事似乎不太对头——这种感觉明显不同于起初见面时的那种尴尬。

问题出在索菲娅身上,她显然有点不太对劲儿。她是不是想说自己找到了更为喜欢的男人?是不是想告诉我她对我的感情只是"一场误会"呢?

不知为何,我又否定了这种想法——这回我彻底摸不着头脑了,同时继续着假惺惺的谈话。

侍者把咖啡放在桌子上,鞠躬退下以后,气氛终于回归了常态。如同以往许多次一样,我和索菲娅围坐在餐厅桌子两旁,仿佛这些年根本没有经历过分别。

"索菲娅。"我叫了她一声。

她马上做出了应答:"查尔斯!"

我长舒了一口气。

"感谢老天,总算过去了。"我说,"到底怎么回事?"

"也许是我的错,我太傻了。"

"现在已经没事了吗?"

"是的,已经没事了。"

我们相视而笑。

"亲爱的!"我深情地唤了她一声,然后道出实质性的问题,"你会马上嫁给我吗?"

她的笑容凝固了。起初的那种氛围又回到了我们之间。

"我不知道,"她说,"查尔斯,我不确定还能不能嫁给你。"

"索菲娅，为什么不呢？你是不是觉得我变成了一个陌生人？是不是需要时间重新适应我？还是说你有了别人？不——"我没有继续说下去，"我是个傻瓜，不会是这种事。"

"确实都不是。"她摇了摇头，然后低下声音说，"是因为爷爷的死。"

"你爷爷的死？这是为何？你爷爷的死怎么会影响到你结不结婚呢？你不会是想说——不会是想说钱的问题吧？他没给你留下遗产吗？亲爱的，你听我说——"

"不是钱的问题。"她的脸上浮现出一丝笑意，"我知道你就像老话说的那样'只要我这个人'。再说爷爷这辈子也没损失过什么钱。"

"那到底是为什么呢？"

"是因为他的死亡本身。查尔斯，我觉得他不是病死的，而像是被人害死的。"

我吃惊地看着她。

"这可真是太奇怪了。你为什么会这样想呢？"

"不是我凭空想出来的。起先是医生怀疑有问题，不肯开死亡证明。现在警察正准备进行验尸，显然是对死因有所怀疑。"

我没有和她争论。索菲娅是个很有头脑的女孩子，得出的结论应该是真实可信的。

我仍然不知道这和我们的未来有什么关系，不由得急了起来。"这种猜疑还没有得到证实。退一步说，即使你爷爷真是被人杀害的，这和我们俩的事又会有什么关系呢？"

"在某些情况下也许会有影响。你是个外交人员，妻子的家庭背景相当敏感。请你不要——不要把刚才脱口而出的话再说一遍了。你必定会这么说——我知道你也的确是这么想的，理论上我也同意。但我是个有尊严的人，比普通人更为注重自己的尊严。我希望我们的婚姻比所有人都好，不希望你为爱而做出牺牲。不过，我也说了，也许最终会没事的……"

"你是不是说医生也许会弄错？"

"即便没弄错，只要杀他的是……那也没什么关系。"

"索菲娅，你这是什么意思？"

"说起来有些令人难以启齿，但人终究还是要老实点儿为好。"

她堵住了我进一步的反驳。

"查尔斯，我不准备再多说了。我说得可能已经够多了。今天晚上之所以和你会面就是想亲眼看看你，让你理解我的想法。事情解决之前我们不能安排任何事。"

"至少把情况告诉我吧。"

索菲娅对我摇了摇头。

"我不想说。"

"但——索菲娅——"

"查尔斯，我不希望你从我的角度看我们的事，我希望你以外人的观点，毫无偏见地看待我们。"

"你要我怎么做呢？"

她看着我，湛蓝色的眼睛里闪过一道诡异的光芒。

"去问你父亲吧。"她说。

在开罗时，我告诉过索菲娅我父亲是苏格兰场的局长助理。至今他还在给局长当助理。听了索菲娅的话，我的心不由得重重地往下一沉。

"事情有那么糟吗？"

"我想是的。你看见门边单独坐着的男人了吗？就是那个看上去有点儿像退伍兵的冷漠的英俊男人？"

"看到了。"

"晚上上火车时，我在斯温利火车站的月台上见过他。"

"你是说他是跟着你到这儿的吗？"

"是的。我觉得我们都——那句话怎么说来着——哦，对了，我们都被人盯上了。他们或多或少地暗示过，让我们不要离开那幢屋子。但我决意要来见你。"

说着她挑衅地扬起了小巧的方下巴。

"我爬出浴室窗户，顺着水管溜了出来。"

"亲爱的，你真是太了不起了。"

"但警方非常有效率。也许他们看到了我发给你的那封电报。别担心，我们不是已经在一起了嘛。只是从现在开始，我们可能就要单独行动了。"

她停顿了一下，然后说："毫无疑问，这对我们的爱情将是不幸的。"

"不必有疑问，"我说，"也没什么不幸。我和你经历了世界大战，逃过了这么多次死亡，你爷爷的猝死又怎么会影响到我们的关系呢？顺便问一句，你爷爷多大年纪了？"

"八十五岁了。"

"没错，我在《泰晤士报》上看见过。要我说，他肯定是老死的，任何一个自重的医生都会这么说。"

"如果你认识我爷爷的话，"索菲娅说，"你就会对他的死感到非常意外了。"

第三章

我对父亲的警察工作非常有兴趣，碰到与自身相关的事时却有点儿手足无措。

回来以后我还没见过父亲。回家时他正好不在。洗澡刮脸换完衣服以后，我又去见索菲娅了。从饭店回家以后，格洛弗告诉我，父亲正在书房里。

父亲坐在书桌前，正皱着眉头审阅一大堆文件。见我走进书房，他一下子从椅子上跳了起来。

"查尔斯，好久不见。"

法国人一定会对如此平淡的久别重逢感到特别失望。

事实上我们的感情相当好。我们彼此欣赏，并且都很了解对方。

"我这里有点儿威士忌，"他说，"什么时候回来的？抱歉，你回来的时候我不在。最近真是忙坏了。你来之前正好出了个烦心的案子。"

我靠在椅背上，点燃了一支烟。

"是阿里斯蒂德·利奥尼迪斯的案子吗？"

他的眉毛突然往下一沉，飞快地打量我一眼，语气礼貌而严谨。

"查尔斯，为什么这么说？"

"所以，我没说错，是吗？"

"你怎么知道的？"

"我有我的消息渠道。"

父亲没插话，等待我继续向他解释。

"我的消息来自利奥尼迪斯家族内部。"

"查尔斯，说给我听听。"

"你也许不会想听，"我告诉他，"我在开罗遇见了索菲娅·利奥尼迪斯，很快就爱上了她。刚才我和她见了一面，还在一起吃了饭。"

"和你吃了饭？是在伦敦吗？真想知道她是如何做到的，警方要求他们全家——礼貌地要求他们全家——暂时别外出。"

"我知道。她是顺着水管爬下来的。"

父亲抿起嘴唇，露出微笑。

"看来是个挺有活力的小姑娘。"他说。

"但警察也不是等闲之辈，"我说，"一个退伍军人模样的家伙跟她到了饭店。我一定会出现在你得到的报告里。身高一米八，棕黄色头发，棕黄色眼珠，一身深蓝条格便装。"

父亲死死地盯着我。

"你是认真的吗？"他问。

"是的，"我说，"爸爸，我是认真的。"

父亲沉默了一会儿。

"你介意吗？"我问。

"放在一星期之前，我当然不会介意。利奥尼迪斯家族属于名门之列，那女孩也会继承很多钱。我了解你，你是不会轻易为女孩神魂颠倒的。但就目前来看——"

"爸爸，究竟怎么回事？"

"也许没什么关系,只要——"父亲欲言又止。

"只要什么?"

"只要杀他的是那个人,你和她结婚应该没有什么关系。"

父亲和索菲娅在同一天晚上使用了几乎相同的表达方式。我开始有了兴趣。

"你说的那个人是谁?"

父亲严厉地看了我一眼。

"你对这件事了解多少?"

"一点儿都不了解。"

"一无所知吗?"他看上去很惊讶,"女孩什么都没告诉你吗?"

"没有。她说她宁愿——宁愿让我从外人的角度来看待这件事。"

"不知道她为什么这样说。"

"这难道还不明显吗?"

"查尔斯,我真的不知道她为什么会这么说。"

父亲皱着眉头在房间里来回踱步。他点燃了一支烟,不知不觉间,烟就燃尽了。看来父亲真的是烦心极了。

"你对利奥尼迪斯家了解多少?"他突然问我。

"基本一无所知。我只知道那个老人有许多儿孙,具体的家族关系我一点儿都不知道。"

我停顿了一下,然后对父亲说:"爸爸,最好把情况跟我介绍一下。"

"好吧,"他坐了下来,"那我就从头跟你讲阿里斯蒂德·利奥尼迪斯的故事吧。他在二十四岁的时候到了英国。"

"一个来自斯麦纳的希腊人吗?"

"你已经知道得这么多了吗?"

"我所知道的也就到此为止了。"

门开了,格洛弗进门报告说塔弗纳总督察已经到了。

"塔弗纳分管这件案子,"爸爸说,"我们最好请他进来。他一直在调查利奥尼迪斯家的情况,知道的应该比我多得多。"

我问他案子是不是地方警察捅上去的。

"那里是我们的管辖范围,斯温利是大伦敦的一个组成部分。"

我向进门的塔弗纳总督察点了点头。我和塔弗纳相识已久。他热情地跟我打了个招呼,并对我的安全归来表示了祝贺。

"我正在跟查尔斯介绍案情,"父亲说,"塔弗纳,如果我说错了请及时帮我纠正。利奥尼迪斯一八八四年抵达伦敦,先是在苏荷区开了家小型餐馆,然后以令人惊诧的方式进军饮食业。很快他就开了七八家连锁餐馆。这些餐馆马上有了赢利。"

"他经手的事从来没出过差错。"塔弗纳总督察说。

"他在做生意方面很有一套,"爸爸说,"经过一番努力,他成了伦敦大多数知名餐馆的后台老板。之后又开始承办筵席。"

"他的生意很多,"塔弗纳说,"二手服装和廉价珠宝,只要有钱赚,他都不会错过,"他深思熟虑地说,"他就是个骗子。"

"他贪赃枉法了吗?"

塔弗纳摇了摇头。

"这倒还不至于。他的确是个骗子,但还不至于违法,他所做的事从来没超过合法的范畴。他想尽一切办法钻法律的空子。尽管上了年纪,但他还是在过去的这场战争中捞了不少好处。他从来不干违法的事——等你制定法律弥补漏洞的时候,他又瞄准机会去钻其他的空子了。"

"看来他不是很讨人喜欢。"我说。

"他其实相当会讨人欢心。他很有个性,你一见他就能感觉出来。虽然其貌不扬,个子又非常矮小,但女人总是会不知不觉地爱上他。"

"他的婚姻让所有人都吃了一惊,"父亲说,"这样一个人竟娶到了乡绅之女。"

我扬起眉毛问:"是为了钱吗?"

父亲摇了摇头。

"不,是因为爱情。女方在朋友的婚礼筵席上遇见了作为承办人的他,对他一见倾心。女方的父母大发雷霆,但女方铁了心要嫁给他。我告诉你,那个男人的确颇有魅力——女方对身边千篇一律的小白脸非常讨厌,被他特有的异国风情和勃勃生机吸引住了。"

"他们的婚姻幸福吗?"

"出乎意料的是,他们的婚姻竟然非常幸福。他们各自的朋友自然不可能处到一块儿——相对于金钱来说,那个时代还比较看重阶层——但他们似乎并没为此感到忧虑,只是不再和以前的朋友们来往了。阿里斯蒂德在斯温利建了幢古怪的房子,夫妇俩生了八个子女,而且一直居住在那里。"

"好一部感人的家族奋斗史。"

"老利奥尼迪斯的确很有眼光。那时斯温利刚刚开始繁盛,后两座高尔夫球场还没有建成。喜欢侍弄花园的老住户都乐意和利奥尼迪斯太太来往,新搬来的富人都想和利奥尼迪斯打交道。夫妇俩各得其所。一九〇五年利奥尼迪斯太太因肺炎过世之前,他们应该活得很幸福。"

"撇下了他和八个孩子吗?"

"没有那么多。有一个孩子出生没多久就死了。两个战死在一战的战场上。有个女儿嫁到了澳大利亚,并且死在了那里。一个未婚的女儿在交通事故中被车撞死了。另一个死在一两年前。活下来的只有两个——已婚未有子嗣的大儿子罗杰和娶了个知名女演员的菲利浦。菲利浦有三个儿女:尤斯塔斯,约瑟芬妮和索菲娅。"

"他们都住在——都住在那个叫山形墙的地方吗?"

"是的。罗杰·利奥尼迪斯的家在空袭中被毁,夫妇二人就搬过来了。菲利浦和他的家人从一九三八年起就住了进来。另外还有已故利奥尼迪斯太太的妹妹哈维兰小姐。她一向看不起这个姐夫。但姐姐死后,她觉得有责任接受姐夫的邀请,帮他带大那几个孩子。"

"哈维兰小姐非常尽职,"塔弗纳总督察说,"但她不是那种会轻易改主意的人,对利奥尼迪斯和他的生意手段——"

"这一大家子人应该把屋子挤满了,"我说,"你觉得是谁干的?"塔弗纳一个劲儿摇头。

"还早,"他说,"现在说这个还太早。"

"得了吧,塔弗纳,"我说,"我敢打赌你一定心里有数了。伙计,我们又不是在法庭上,说说又何妨呢?"

"现在我什么都不知道,"塔弗纳的表情非常沮丧,"也许永远无法知道答案了。"

"你是说他可能不是被人谋杀的吗?"

"谋杀是千真万确的——他是被人毒杀的。这种毒杀的案子最难办了,要得到证据非常难。所有的可能性也许都集中在一点上——"

"这就是我想说的。你心里已经有底了,我说得没错吧?"

"老利奥尼迪斯的死是一起构思精妙的谋杀,并且有着强烈的指向性,这一点是不容置疑的。但别的我就什么都不知道了。这起案子非常、非常微妙。"

我求救似的看着父亲。父亲缓缓地说:

"查尔斯,你也许知道,谋杀案中最明显的线索往往就是最终的答案。十年前老利奥尼迪斯再婚了。"

"在七十五岁高龄吗?"

"是的,娶了个二十四岁的年轻姑娘。"

我情不自禁地吹了声口哨。

"什么样的年轻姑娘呢?"

"一个在茶馆里干活儿的姑娘。是个值得尊敬的人——有一种冷冰冰的病态的美感。"

"你说的强烈指向性就是她吗?"

"我们挑明了说吧,"塔弗纳说,"她只有三十四岁——正好在一个危险的年龄。已经习惯了舒适的生活。家里又正好有个年轻男人。这个因为心脏病之类的疾病没上战场的男人,恰巧是老利奥尼迪斯孙儿们的家庭教师。他们很快就搞在一起了。"

我若有所思地看着他。这又是那种千篇一律的老套路,连男女关系都一如既往。父亲说第二任利奥尼迪斯太太是个品格高尚的人。但许多罪恶正是借高尚的名义犯下的。

"下的是什么毒?"我问,"是砒霜吗?"

"不是砒霜。我们还没拿到检测报告,但医生说应该是毒扁豆碱。"

"这可真有点儿不寻常,不是吗?应该很容易找到买家吧。"

"不是这么回事。毒扁豆碱不是外来的,是老利奥尼迪斯眼药水的组成部分。"

"利奥尼迪斯有糖尿病,"父亲说,"必须定期注射胰岛素。

胰岛素是从一个带橡皮帽的小瓶中抽取的,皮下注射针穿透橡皮帽,注射液就抽上来了。"

我猜到了接下来的那部分。

"瓶子里的不是胰岛素,而是毒扁豆碱,对吗?"

"是的。"

"谁给他注射的?"我问。

"他妻子。"

现在我终于明白索菲娅那句"也许最终会没事的"是什么意思了。

我问:"这家人和他的第二任妻子处得好吗?"

"不怎么好,我觉得他们几乎不太说话。"

案情的脉络似乎越来越清晰了,但塔弗纳总督察好像并不满意。

"为什么你还有所疑惑?"我问他。

"查尔斯先生,如果是她干的话,事后应该很容易用一瓶真的胰岛素替代。老实说,我真的猜不透她为什么没这么干。"

"确实应该是这样。屋里有很多胰岛素吗?"

"是的。满瓶和空瓶的都有。如果她这么干的话,医生十有八九识破不了。毒扁豆碱中毒致死的人很少在尸体上显出异样。但只要检查过死前注射的胰岛素——以防浓度不对之类的——那瓶里的东西就不难查证了。"

"看来利奥尼迪斯太太如果不是特别聪明,就是特别愚蠢。"我若有所思地说。

"你的意思是——"

"她也许料定你以为不会有人那么傻。有别的可能性吗?我是指有没有别的嫌疑人。"

父亲静静地说：

"事实是屋子里的任何人都有可能作案。屋子里总是备有至少两个星期用量的胰岛素。作案人知道老利奥尼迪斯总有一天会用到这些胰岛素，便在其中的一瓶上做了手脚。"

"也就是说，所有人都能接近那些药瓶吗？"

"药瓶并没被锁上。它们被存放在浴室药品柜一个特殊的架子上。每个人都能自由从那里进出。"

"有什么明显的动机吗？"

父亲叹了口气。"亲爱的查尔斯，阿里斯蒂德·利奥尼迪斯非常非常有钱！他已经把许多钱分给了自己的家人，但也许有人想得到更多。"

"但最想要钱的应该是他的那个年轻寡妇吧？她的情夫很有钱吗？"

"没什么钱，几乎不名一文。"

我灵机一动，突然想起了索菲娅引用过的一段童谣。我把这首童谣完整地背下来了。

> 一个扭曲的人走了扭曲的一英里路，
> 在一段扭曲的台阶旁，捡到了扭曲的六便士，
> 他带了只扭曲的猫，抓了只扭曲的老鼠。
> 他们合住在一幢扭曲的房子里。

我对塔弗纳说：

"利奥尼迪斯太太给你的印象如何？对她有什么看法？"

他缓缓答道：

"这很难说，非常难说。这个人很难捉摸。基本上不怎么说

话，因此很难知道她在想什么。不过她是个贪图安逸的人，这点是没错的。她让我想到了一只猫，一只毛茸茸的大懒猫……我对猫没什么不满。猫还是挺不错的……"

说完他又叹了口气。

"现在只缺证据。"他说。

没错，我们都想要利奥尼迪斯太太毒杀丈夫的证据。索菲娅想要证据，我想要证据，塔弗纳总督察也想要证据。

证据拿到以后，生活就会回到正常轨道上来。

但索菲娅不确定拿不拿得到证据，我不确定拿不拿得到证据，塔弗纳总督察应该也不能确定吧……

第四章

第二天我和塔弗纳一起去了山形墙宅邸。

我的身份颇为尴尬，起码是非正式的。但我父亲从来就不是个循规蹈矩的人。

但我总算有个说得过去的身份。战争初期我和苏格兰场的特勤处曾一起工作过。

当然这完全是两码事，但那时的工作至少给了我一个官方的身份，使我可以参与这个案子。

父亲说：

"如果想要解决这个案子，我们就必须得到些内部消息。这就必须了解房子里住着的这些人。要了解他们，只有打入房子内部才能实现。我们之中只有你才能做到这一点。"

我一点儿也不喜欢这样。我把烟头扔进壁炉，说：

"要我当警方的卧底吗？你想让我从爱我并且信赖我的索菲娅身上套取内幕消息吗？你怎么能这样想？"

父亲显得很生气。他尖刻地说：

"看在老天的分上，求你不要用世俗的眼光看待这个问题好吗？首先我想问你，你认为你爱的年轻女子杀了她祖父吗？"

"当然不会。这个念头实在是太荒唐了。"

"的确荒唐，事实上我们也没这么想。她离开了很长一段时间，而且向来和祖父处得很好。她的收入不错。如果老人得知她要和你订婚的话，一定还会给她一笔丰厚的财产。我们不可能怀疑她，没有理由这么做。但你必须得确定一件事。如果这个案子得不到澄清，女孩是绝不会嫁给你的。从你告诉我的情况来看，我非常确定这一点。你给我记住，这可能变成一件永远解不开的无头案。我们可以得出续弦和她的年轻情人共谋杀害了老人的结论，但要证明这点却是另外一件事了。至今为止，这个案子甚至还没呈递给检察官。除非能拿到不利于她的证据，否则这将成为一个永远解不开的谜团。查尔斯，明白我的意思了吗？"

他说得很有道理，我完全知道他的意思。

父亲接着平静地对我说：

"干脆摆明了跟她说，你看这样行吗？"

"你是说——向索菲娅询问——"我结结巴巴，实在说不下去了。

父亲用力点了点头。

"没错……我不是让你在没告诉女孩事实真相的情况下潜入那家人之中。你把你的目的摊开了跟她谈，看她有什么话说。"

第二天我便和塔弗纳总督察以及兰姆警长一道来到了斯温利。

汽车开过高尔夫球场以后，我们转入了一条以前应该有两扇大铁门的通道，铁门不是捐赠了就是被强行征用了。到了通道尽头以后，我们驶入一条两边种着石楠花的弯曲车道，然后在屋前的碎石空地下了车。

真是太不可思议了。我不知道为何叫它山形墙宅邸，叫它十一形墙也许会更准确些。让人感到惊异的是宅邸扭曲的外表——我马上就知道为何会建成这样了。宅邸看上去完全是农舍的样式，只是在农舍的基础上扩充了许多倍。事实上这是一幢被置于高倍放大镜下的农舍。农舍歪斜的木质骨架和山形墙共同构成了这座宅邸，在夕阳的映衬下，它就像一只生长不良的蘑菇。

所谓的英式风格在希腊餐饮业巨头心中应该就是如此吧。

老利奥尼迪斯刻意把它造成了城堡模样的英式住宅。我很想知道第一任利奥尼迪斯太太当时是怎么想的。我觉得老利奥尼迪斯事先应该没征求过她的意见或是给她看方案草图。这很可能是他给异国太太准备的一份惊喜。不知道利奥尼迪斯太太看见它是吓了一跳还是一笑置之。

从我听说的情况来看，她在这里过得相当快乐。

"很有气魄吧？"塔弗纳总督察问，"老人当时的设想十分宏伟——把它造成带有厨房等全套设施的三个独立的居住单元。里面的陈设都是顶级的，像豪华大饭店一样。"

索菲娅走出前门。她没戴帽子，身上穿着绿色的衬衫和花呢裙子。

一看到我，她马上定住脚。

"怎么是你？"她惊讶地问道。

我告诉她："索菲娅，我有话跟你说。能找个地方单独聊聊吗？"

开始我以为她会表示反对，但没过一会儿，她转身对我说："跟我来吧。"

我们穿过草坪，站在草坪上可以看见斯温利最高档的高尔夫球场。远处的山上长着一排松树，再过去是苍茫的乡村风景。

索菲娅带我来到一个疏于照料的假山庭院，我们在一张很不舒服的木头长凳上坐下了。

"解释一下到底是怎么回事吧。"她说。

她的语气不是很好。

我把事情的前因后果告诉了她。她听得很仔细,神情也非常严肃,一点儿都没透露自己在想些什么。只是当我最终讲完的时候,她才叹了口气,长长地叹了口气。

"你父亲可真够老奸巨猾的。"她说。

"老家伙自然有他的道理。在我看来这个主意简直是糟糕透了,只是——"

索菲娅突然打断了我的话。

"查尔斯,"她说,"这个主意才不糟糕呢。这可能是目前唯一可行的方法。你父亲很清楚我在想什么,他比你更了解情况。"

她带着绝望的情绪用拳头猛击另一只手的手掌。

"我必须得知道真相,一定要知道。"

"是因为我们的未来吗?只是,亲爱的——"

"查尔斯,这不仅仅是因为我们的未来。就算是为了让身心平静下来,我也必须知道真相。查尔斯,我昨天晚上没告诉你,但我确实——确实是在害怕。

"是的,我感到非常非常害怕。警察,你父亲以及所有人都觉得是布兰达干的。"

"这个可能性很大。"

"没错,的确有这种可能性。但每当我对自己说,'也许是布兰达干的'的时候,我很清楚这只是种一厢情愿的想法。因为事实上我并不这么想。"

"你不这么想吗?"我缓缓地问。

"我说不清楚。你已经像我希望的那样从局外人的角度得知了整件事的经过。现在我想从局内人的角度让你知道整个家族的内情。我觉得布兰达不是那种人——她不是那种会把自己置于险境的人，她非常珍惜自己。"

"和她相爱的年轻人劳伦斯·布朗呢？"

"劳伦斯是个胆小鬼，绝对不会有这样的勇气。"

"这可不一定。"

"人心的确难以捉摸，不是吗？我是说，人们常常会做出人意料的事。有时人会突然冒出个主意，结果却证明他完全错了。虽然不总是如此，但我们时常会遇见这种情况。无论怎么说，布兰达都不是那种——"说到这儿时她不由自主地摇了摇头，"她一向循规蹈矩，是那种大家闺秀类型的人。她喜欢端坐下来吃吃甜点，穿漂亮衣服，戴精美的珠宝，有时还会看看小说，去趟电影院。想到爷爷和她的年龄差异，一般人的确会觉得不可思议，但我觉得她真是被我爷爷吸引了。爷爷有种目空一切的气势。他的确能让女人感到……感到自己是个被人娇宠的王妃。我觉得——我始终这样觉得——爷爷一定是让布兰达觉得自己深陷在爱河里。他一直对女人很有办法——这是种技巧——无论多么老，这种技巧都不会失效。"

我把布兰达的问题放到一边，转回到索菲娅刚才那句令我困扰的话上来。

"你为什么会觉得害怕？"我问。

索菲娅浑身颤抖了一下，两只手并拢在一起。

"因为这是事实，"她压低声音说，"查尔斯，这非常重要，我必须让你明白这一点。你要知道，我们是一个怪异的大家庭……所有人都很冷酷无情，但这种冷酷无情又是以不同的表现形式反映出来的。这就是麻烦所在，让人看不清真相。"

也许是看到了我脸上的不解吧，她兴致勃勃地继续说了下去。

"我想尽量把我的意思向你表达清楚。就说我爷爷吧,有一次他在闲聊中告诉我们,少年时他在斯麦纳捅伤过两个男人。听说这件事是因为不可原谅的侮辱而引起的——具体情况我不太了解——但在他看来却是件再自然不过的事。他很快就把这事给忘了。但在英国听到这种事可真够毛骨悚然的。"

我点头表示同意。

"这是一种无情,"索菲娅继续说了下去,"接下来谈谈我奶奶。我不怎么记得她,关于她的事却听说过许多。我觉得她的冷酷无情应该源于自身的毫无想象力。她和那种四处打猎以及动辄就枪毙人的将军是一个类型。尽管生性纯良,但做派狂妄自大,在人命关天的问题上敢于承担责任。"

"是不是有点儿扯远了?"

"也许确实有点儿——但我实在很怕这种正直却又无法无天的人。再来说我妈妈吧,她是个女演员,一贯受到人们的娇宠,却没有一点儿做人的自觉。她是那种凡事只想到自己的自我中心者。你知道,这种人有时会让人感到害怕。接下来说说罗杰叔叔的妻子克莱门丝。她是个从事某种重要研究的科学家,却冷血可怕,一点儿都不讲情面。罗杰叔叔恰恰相反——他是世间最友善可爱的人,脾气却大得要死,发起火来就不知道自己在干什么了。另外还有我爸爸——"

说到这里,她停顿了很长一段时间。

"与罗杰叔叔相反,"索菲娅缓缓地说,"爸爸过于收敛了。你永远不会知道他正在想什么。他从不在公开场合表达自己的感情。他的内敛可能是对付妈妈过于放纵自己感情的一种自我防御。这却时常让我担心。"

"宝贝,"我对她说,"你这是在庸人自扰,到头来所有人都有可能杀人。"

"这句话一点儿没错,连我这样的人也会有嫌疑。"

"不会是你。"

"查尔斯,你可不能把我给排除。我觉得我确实能杀人……"沉默了一会儿以后,她又补充道,"如果是我杀的话,那一定有个值得我去冒险的理由。"

我忍不住笑了。索菲娅也跟着莞尔一笑。

"也许我是个傻瓜,"她说,"但我们必须找出爷爷死亡的真相。我们必须赶快查明。要真是布兰达就好了……"

我突然为布兰达·利奥尼迪斯感到难过。

第五章

一个高个子人影从小路上径直朝我们走来。她戴着顶破旧的毡帽,身上穿着走了形的裙子和臃肿的针织线衫。

"艾迪丝姨妈来了。"索菲娅说。

人影不时停下来俯身看着花坛,然后继续朝我们走来。我从长凳站起身来。

"艾迪丝姨妈,这位是查尔斯·海伍德。查尔斯,这是我的姨妈艾迪丝·德·哈维兰小姐。"索菲娅为我们做了简单的介绍。

艾迪丝·德·哈维兰小姐是个七十岁左右的女人。她头发蓬乱,脸上全是皱纹,视线却敏锐而犀利。

"你好,"她和我打了个招呼,"我听说过你,知道你是从东方回来的。你爸爸还好吗?"

我非常吃惊,连忙告诉她我父亲还好。

"他还小的时候我就认识他了,"德·哈维兰小姐说,"我和他妈妈很熟。你长得很像你奶奶。你是来帮我们的,还是有别的事?"

"希望能帮上忙。"我局促不安地说。

她点了点头。

"是需要有人来帮忙。这里到处都是警察,随时随地会在眼前冒出来。有一些我很不喜欢。上过正经学校的孩子不该去当警察。有一天我看见摩娅·金诺尔家的儿子在大理石拱门①那里指挥交通,真让人不知道该说什么好。"

说完她转身看着索菲娅。"用人想问你鱼的事,正到处找你呢。"

"真麻烦,"索菲娅说,"我这就打电话去订鱼。"

说完她便飞快地朝房子走了过去。

哈维兰小姐转过身,慢慢地朝同一方向走了过去。我连忙亦步亦趋地跟上她的脚步。

"真不知道没有用人该怎么办,"德·哈维兰小姐说,"几乎所有人都有老式的用人。她们洗衣烧菜,负责所有的家务,而且非常守信用。老利奥尼迪斯家的用人就是我几年前亲自挑来的。"

她停下脚步,没好气地拔起一丛纠缠在一起的藤蔓。"这种藤本植物最让人讨厌了!纠缠在一起让人透不过气来。它们专爱往地下钻,让人一点儿办法都没有。"

她怒气冲冲地把刚拔起来的绿色藤蔓扔在地上,还狠狠地踩了两脚。

"查尔斯·海伍德,这可不是件好事。"她看了看房子,"警方是怎么想的?我原本不该问这个。但阿里斯蒂德被毒杀的事看起来很奇怪,我是说一想起他已经死了,就觉得古怪。我从没喜欢过他——绝对没有!但我就是不习惯他死了的事实……他的死让这幢房子看上去有点儿空荡荡的。"

我没有接话。从不连贯的言辞上看,艾迪丝·德·哈维兰小姐应该是陷入了回忆。

"今天早晨我一直在想,我已经住在这儿很久了,大概四十

---

①伦敦地标式建筑。

多年了吧。姐姐死的时候我就来了，七个孩子——最小的还只有一岁……不能把孩子交给外国佬带，你说是不是？这自然是桩不相称的婚姻。我总觉得玛茜娅一定是疯了，竟会嫁给那种又矮又丑的外国小子！但坦白说，他对我却相当放手。保姆，管家，学校都由着我选。连有益健康的婴儿食品也是我挑的——让孩子吃他那种怪味道的南欧米饭可不好。"

"从那时起你就一直住在这儿吗？"我轻声问。

"是的。说起来也挺奇怪的……我是说，当孩子们成人结婚之后，我大可以一走了之……我想我是爱上了这里的花园了吧。另外菲利浦也让我放心不下。娶了个女演员之后就别想过正常的家庭生活了。真不明白女演员为什么还要生孩子。孩子刚一出生，她就去爱丁堡这种遥远的地方演戏了。菲利浦倒很明智——演员老婆一走，他就带着那些书搬过来住了。"

"菲利浦·利奥尼迪斯靠什么生活？"

"他是个写书的。真不知道他为什么要写那些没人看的书。书的内容都是些晦涩不清的历史细节，你应该没听说过那些书吧？"

我点头表示承认。

"他的问题就是太有钱了，"德·哈维兰小姐说，"没这么多钱的话他就得自己去讨生活了。"

"他的书不赚钱吗？"

"当然不赚。他被公认为研究某一段历史时期的学术权威。但是他的书一点儿也不赚钱——为了逃避遗产税，阿里斯蒂德竟然给了他十万英镑，真是让人难以置信。阿里斯蒂德让他们在经济上全都独立了。罗杰经营筵席承办公司，索菲娅有一笔丰厚的津贴。孩子们的钱都存在信托基金里了。"

"这么说没人会从他的死亡中得益吗？"

她吃惊地看了我一眼。

"当然能得益。他们都能得到更多的钱。但如果他们开口要，老家伙总会给的，根本犯不着去杀人。"

"德·哈维兰小姐，你觉得是谁投毒的呢？"

她的答复颇有个人特色：

"不知道，我确实不知道。只要一想到家里有个波吉亚式的人物存在，我就浑身不舒坦。警方则盯着可怜的布兰达不放。"

"你觉得他们盯错人了吗？"

"我可说不好。在我看来，布兰达只是个愚昧而普通的小妇人而已——是个非常守旧的女人，跟我想象中的罪犯完全不一样。话说回来，她在二十四岁的妙龄嫁给一个年近八十的老头儿，显然是冲着他的钱去的。通常情况下布兰达有望很快成为一个寡妇。但阿里斯蒂德是个非常强壮的老头儿，糖尿病也没有逐步恶化的迹象。看起来还真能活到一百岁呢。我想她是厌倦继续等下去了吧……"

"如果是这样的话。"我沉吟道。

"如果是这样的话，"德·哈维兰小姐尖刻地说，"一切就都好办了。也许会引起公众的议论。不过好在她不算是家族的一分子。"

"没有别的看法了吗？"我问。

"你觉得我应该有什么样的想法呢？"

我不禁产生了疑问。我觉得这顶破旧的毡帽下面正涌动着某种我看不见的暗流。

德·哈维兰小姐前言不搭后语的表象下，无疑隐藏着一个精于算计的头脑。一刹那间我甚至盘算起哈维兰小姐亲自给阿里斯蒂德·利奥尼迪斯投毒的可能性了……

这并非不可能。我突然想起了老妇人方才把藤蔓狠狠踩进泥土的情景。

我联想到索菲娅刚刚说过的冷酷无情。

偷偷瞟了一眼艾迪丝·德·哈维兰。

只要有足够的理由的话……

但艾迪丝·德·哈维兰有什么理由动手呢？

为了回答这个问题，我必须多了解她一点儿才行。

第六章

前门大开。我们穿过前门，走进一个大得有些惊人的大厅。厅里的陈设非常严谨：地上铺着磨光的橡木地板，四周放着亮光闪闪的铜器。大厅后面通常是楼梯的地方有一道嵌着门的白墙。

"我姐夫就住在这里，"德·哈维兰小姐说，"菲利浦和玛格达住在一楼。"

我们走过左边的一道门，进入一个宽大的客厅。客厅墙上镶嵌着淡蓝色的护墙板，家具上罩着厚实的织缎。桌子上和墙上挂着演员和舞蹈家的大幅舞台照。壁炉上方挂着德加画的芭蕾舞演员的写实画。客厅里还放了许多花朵，有绚烂绽放的菊花，还有各色康乃馨。

"我猜你应该想见见菲利浦。"德·哈维兰小姐说。

我想见菲利浦吗？我也拿不准。先前我想见的只是索菲娅，已经见到了。她对我父亲的计划大加赞同——然而现在她离开了我，不知跑到什么地方去商量鱼的事情了，没有指点我下一步该如何做。我是应该以急于娶他女儿的年轻小伙子的身份，还是以偶尔拜访（应该不会在这种时候来吧）的朋友身份，抑或警方相关人员的身份去面对菲利浦·利奥尼迪斯呢？德·哈维兰小姐没有留时间给我考虑这个问题。事实上，这不像是个决断，更像是一种决定。

相比起征求他人的意见,哈维兰小姐更喜欢擅自为别人做决定。

"我们去图书室吧。"她说。

她带我走出客厅,通过走廊走进另一扇门。

这是一个摆满了书的大房间。书不仅仅是放在书架上,而是一直堆到了屋顶。椅子、桌子甚至地板上全都放满了书。尽管如此,这个图书室还是给我留下了一种井然有序的感觉。

图书室里非常阴冷。室内缺少一种我本来十分期待的感觉,反而散发着旧书的霉味和一点点蜂蜡味。我马上就知道缺的是什么了。图书室里缺少了烟味。菲利浦·利奥尼迪斯不吸烟。

看到我们进来,菲利浦从桌子后面站了起来。他个子很高,年龄在五十岁上下,长相相当英俊。所有人都告诉我阿里斯蒂德·利奥尼迪斯是如何丑陋,所以我原以为他儿子也一样丑。我没有预料到会遇见品貌如此出众的一个人——笔挺的鼻子,线条完美的下巴,须根灰白的头发从饱满的额头往后轻甩过去。

"菲利浦,这是查尔斯·海伍德。"艾迪丝·德·哈维兰说。

"查尔斯,你好。"

我不知道他是否听说过我。他伸过来的手冰凉,脸上毫无表情。这让我感到非常紧张。他兴味索然地站在那里,等待着我们下一步的问话。

"可怕的警察在哪儿?"德·哈维兰小姐问。

"现在——"说着他看了眼桌上的名片,"塔弗纳总督察应该马上要跟我谈话了吧。"

"他现在在哪儿?"

"艾迪丝姨妈,我不知道。应该在楼上吧。"

"和布兰达在一起吗?"

"我真的什么都不知道。"

菲利浦·利奥尼迪斯的举止十分淡然，似乎谋杀根本没有在他身边发生一样。

"玛格达起床了吗？"

"我不知道。她通常十一点之后才会起床。"

"外面说话的好像是她。"艾迪丝·德·哈维兰说。

说时迟那时快，一阵高亢而急速的说话声迅速向这里逼近。我身后的门被人从外面猛地一推，一个女人走了进来。她闹出的动静比三四个人都大，真想不通是如何做到的。

她抽着一支带滤嘴的香烟，身上穿着桃红色的绸缎睡衣，一手提着衣角。金黄色的头发像波浪一样披散在背后。她的脸色因为没有化妆而显得格外难看，两只眼睛又蓝又大。说话的声音尽管有点儿沙哑，吐字却格外清晰。

"亲爱的，我不能忍受这个——我真是受不了了——想想引来的关注吧！报上还没登，但应该很快就会登出来的。我完全想不出上庭时该穿什么衣服，非常非常素的衣服可以吗？黑色的我可受不了，也许能挑一件绛紫色的吧。我的配给券也用光了，我把卖给我配给券的讨厌男人的地址给丢了——就是那个沙夫茨伯里大街旁边的停车场——如果开车去那儿的话，警察一定会跟踪我，问我一些让人难以启齿的问题，难道不是吗？我是说，该让我说什么好呢？菲利浦，你可真是沉得住气啊！你怎么能如此平静呢？你难道没意识到可以离开这幢可怕的房子吗？自由——我需要的是自由！也许这样说稍显无情了点儿——可怜的好老头儿——他活着的时候我们当然不会离他而去，他真的对我们很好。尽管楼上那个女人一直在我们之间制造隔阂。如果我们早早离开，让那个小女人独自和老头儿在一起的话，他肯定一个子儿都不会留给我们。真是个可怕的家伙！好老头儿毕竟是快九十岁的人了，全家人联合在一起都对付不了那个和他朝夕相处的可怕女人。菲利浦，我相信这是个出演艾迪丝·汤普森舞台剧的绝佳机会。这起谋杀案恰好可以引来外界对我的关注。比尔登斯坦说他可以为我找个悲剧性的角色，尽管这个关于矿工的舞台剧随时都可能会下档，但那个角色可真不错。我知道别人说我适合演喜剧性的角色是因为我的鼻子——好在艾迪丝·汤普森那儿也有不少喜剧——我想喜剧作者应该没有意识到喜剧通常能加强悬疑效果。我知道该如何演好这样的角色，只要演得平凡无奇，一直装傻到最后就好了——"

她伸展手臂，烟蒂从滤嘴里掉到菲利浦磨光的红木桌面上，烧灼着桌面。

菲利浦不动声色地拿起烟蒂，扔进了废纸篓。

"想想可真是太可怕了……"玛格达·利奥尼迪斯突然两眼睁大，表情发僵，做出一副惊恐的表情。

惊恐的神色仅仅维持了二十几秒就消失了。玛格达的脸部肌肉放松下来，之后马上又皱紧在一起，像是个茫然不知所措、马上要号啕大哭的孩子似的。

玛格达的种种表情突然像被海绵吸光似的一扫而空。她转身面向我，用公事公办的语气问：

"你觉得这样演艾迪丝·汤普森的戏可以吗？"

我告诉她这样演艾迪丝·汤普森的戏再完美不过了。尽管这时我才依稀回忆起艾迪丝·汤普森到底是什么人，但因为急于给索菲娅的母亲留下一个好印象，我只能违心称妙。

"很像是布兰达干的，你也这样觉得吧？"玛格达问，"你知道吗，我从没这样想过。这点倒蛮有趣的。要不要向督察长指出这一点呢?"

玛格达的丈夫在书桌后面微微皱起了眉。

"玛格达,你根本没有必要去见他,"菲利浦说,"我会把他想了解的一切都告诉他。"

"不让我见他吗?"玛格达的嗓门提高了,"我当然要去见他,亲爱的,亲爱的,你真是太没想象力了!你根本没意识到细节的重要性。他一定想知道每件事是何时发生的,怎样发生的,想知道我们当时注意到并产生疑惑的点滴小事——"

"妈妈,"索菲娅突然从门外走了进来,"你可不要对总督察说一大堆谎话。"

"索菲娅,我亲爱的……"

"妈妈,我知道你都已经准备好了,准备来一场精彩的演出。但你错了,绝对错了。"

"别跟我扯淡。你根本不知道——"

"我就是知道。亲爱的妈妈,这次你准备演一出和以往完全不同的戏。你会在他面前装得楚楚可怜,故意说得很少,把所有事都闷在心里,表现得很警觉,刻意保护自己的家人。"

玛格达·利奥尼迪斯露出婴儿般无辜的表情。

"亲爱的,"她说,"你真的认为——"

"是的,把这种想法抛到一旁吧。我就是这个意思。"

玛格达的脸上露出一丝欣慰的笑容,索菲娅这时又告诉她:

"我做了些巧克力放在客厅里。"

"太好了,我都快饿死了——"

说着她在门口停下脚步。

"你也许不知道,"她像是对我说,又像是对我脑袋后面的书架说,"有个女儿可真是好啊!"

话一说完,她便离开了图书室。

"天知道她会对警察说些什么。"德·哈维兰小姐说。

"她会处理好的。"索菲娅说。

"她这种人什么话都说得出来。"

"别担心,"索菲娅说,"她会按制片人说的去做。这次我就是制片人!"

她跟在母亲后面走出了图书室,又回过头来说:

"爸爸,塔弗纳总督察来见你了,不介意让查尔斯在场吗?"

菲利浦·利奥尼迪斯脸上似乎流露出一丝困惑。看来他肯定是介意的。但他凡事漠然处之的个性却让我得了利。他支支吾吾地说:"哦,当然可以——当然可以。"

敦实可靠的塔弗纳总督察走了进来,他摆出一副精明能干的架势,显得特别让人安心。

"只是有点儿小麻烦而已,"他的神态仿佛在说,"解决之后我们就走——我也希望能尽快解决。我向你们保证,我们也不想逗留太久……"

我不明白他是怎么做到的。什么话都没说,把椅子往桌边一拉,他就把一切都表达清楚了。我不敢冒昧,选了个稍远的位置坐下了。

"总督察,请问你有什么事?"菲利浦问。

德·哈维兰小姐猛不丁插话进来。"总督察,不需要我在场吧?"

"德·哈维兰小姐,现在不需要你。不过在这之后我想和你谈一谈——"

"没问题,我在楼上等你。"

她走出图书室,随手带上了门。

"总督察,可以开始了吗?"菲利浦又问了一遍。

"我知道你很忙,不想打扰你太长时间。只是想告诉你,我们的怀疑得到了证实。你父亲的死不是由于自然原因。他是因为摄入了过量的毒扁豆碱而死的——也就是人们常说的伊色林。"

菲利浦低了下头,没有太多特别的表示。

"不知道这对你是否有进一步的启发?"塔弗纳总督察不依不饶地问。

"能有什么启发?在我看来爸爸一定是误服的。"

"利奥尼迪斯先生,你真是这么想吗?"

"是的,在我看来只有这种可能性。别忘了,他是个快九十岁的人了,视力也不太好。"

"看来他把眼药水倒进胰岛素药瓶了。利奥尼迪斯先生,你真的相信吗?"

菲利浦没有回答。他的脸变得更没生气了。

塔弗纳又说:

"我们在垃圾箱里找到了一个没有指纹的空眼药水瓶。这一点很奇怪。眼药水瓶上应该有指纹才合理啊。即便没有你父亲的指纹,也应该有他妻子或仆人的……"

菲利浦·利奥尼迪斯抬眼看着塔弗纳总督察。

"查过仆人了吗?"他问,"会不会是约翰逊干的?"

"你是说约翰逊有可能是罪犯吗?他完全有这个机会。但谈到动机就不尽然了。你父亲每年会给他一笔额外津贴——这笔津贴每年都会增加。你父亲说得很清楚,有了这些津贴,约翰逊在遗嘱中就没有份了。在你们家服务了七年以后,这笔津贴的数额相当之高,而且仍然在继续增加。约翰逊显然是希望你父亲活得越久越好。再说他们相处得也不错,约翰逊过去的履历也很清白——他是个训练有素而且非常忠诚的仆人。"说着他停顿了一下,"约翰逊没有可能犯罪。"

菲利浦干巴巴地说:"我明白了。"

"利奥尼迪斯先生,能把令尊死亡那天你的活动情况告诉我吗?"

"当然可以。那天我全天待在这个图书室里,只有吃饭的时候离开过。"

"见过你父亲吗?"

"早饭以后问候过他一声,这是多年养成的习惯了。"

"那时你和他单独在一起吗?"

"呃,当时我继母也在场。"

"你父亲看上去和平时一样吗?"

菲利浦语中带刺地说:"他可没想到自己会遇害身亡。"

"你父亲住的地方和房子里的其他区域是完全隔开的吗?"

"是的,只是在门厅里有一扇门相连。"

"那扇门一直是上锁的吗?"

"一般不上锁。"

"没锁过吗?"

"反正据我所知没有。"

"家里的所有人都能在两边自由出入吗?"

"当然可以,把房子分为两部分只是为了住起来方便。但谁都认为没有必要特地锁上。"

"你是在何种情况下得知父亲的死讯的?"

"罗杰突然从西面楼上他住的地方冲了下来,告诉我爸爸的病似乎突然发作了。当时爸爸完全无法呼吸,看上去病得很严重。"

"你是怎么应对的?"

"我马上给医生打了电话,在场的人都还没想到这一点。医生不在家——我给他留了个口信让他速来。接着便上楼去看父亲了。"

"再接下来呢?"

"爸爸的确病得很重,他在医生来之前就死了。"菲利浦的语气仍然不带感情,对他来说这只是简单地描述事实罢了。

"家里的其他人当时在哪儿?"

"我妻子在伦敦,不过没多久她就回来了。索菲娅应该也不在。我的另外两个子女尤斯塔斯和约瑟芬尼当时应该都在。"

"利奥尼迪斯先生,请你不要误会我的意思,不过我很想知道你父亲的死对你的财务状况会有何影响。"

"这是你的职责所在,办案要掌握全部事实才行。爸爸早在几年前就让我们在经济上全都独立了。他让罗杰进入了家族最大的联合筵席承办公司,出任公司总裁和主要股东。然后又把金额相当的一笔资产转移给我——价值十五万英镑的各类有价证券——使我可以衣食无忧。他还给了两个姐姐很大一笔钱,不过她们都已经去世了。"

"但他依然是个非常有钱的人,对吗?"

"不,事实上他留下的钱并不算多。他说这样反倒会让生活显得更有情趣。从那时开始,"菲利浦第一次露出了笑意,"他开始从事一些与以前截然不同的产业,反倒变得更有钱了。"

"你和你哥哥都搬到这儿来了。是因为经济上有困难吗?"

"当然不是。只是为了方便而已。爸爸总是说这个家随时欢迎我们来住。我是由于自身的家庭原因搬过来的。"

"我特别喜欢爸爸,"菲利浦补充道,"我是一九三七年开始住在这儿的。我不付房租,不过承担自己的那部分居住税。"

"你哥哥呢？"

"我哥哥是因为一九四三年大战时房子遭到轰炸而搬过来的。"

"那么利奥尼迪斯先生，你对你父亲遗嘱中所做的安排有所了解吗？"

"非常了解。他在一九四五年大战结束以后就重新立了一份遗嘱。爸爸不是那种藏着掖着的人。他非常具有家庭观念。重立遗嘱以后，他召集了一次有律师在场的家庭会议。在他的要求下，律师向我们详细解释了遗嘱中的条款。我想这些条款你一定都已经知道了。盖茨基尔先生应该都已经告诉了你。大致说来，他留给我继母十万英镑的税后遗产。其余遗产被分成三等份。一份给我，一份给我哥哥，还有一份给他的三个孙辈。遗产非常丰厚，但要缴的遗产税也很多。"

"家里的仆人能拿到遗赠吗？"

"没有你说的这种遗赠。只要一直干下去的话，他们的工资每年都会涨。"

"利奥尼迪斯先生，请原谅我这么问，你有过急需用钱的经历吗？"

"总督察先生，说句发自肺腑的话，收入税确实有点儿高，但这点儿收入还够我和妻子用的。另外父亲还时常送我们一些昂贵的礼物，而且碰到急用的时候，他一定会拿出钱的。"

接着菲利浦又冷冷地补充了一句：

"我可以向你保证，从经济上说我没有任何要父亲去死的理由。"

"利奥尼迪斯先生，要是我的话让你产生这种想法的话，那我感到非常抱歉。现在我想问你一些比较微妙的问题。这些问题是关于你父亲和他妻子的关系的。他们在一起快乐吗？"

"在我看来，他们过得非常快乐。"

"没有争吵吗？"

"据我所知没有。"

"他们的年龄差距不是很大吗？"

"确实很大。"

"请原谅我这么问，你同意你父亲再婚吗？"

"他没问过我。"

"利奥尼迪斯先生，我要的不是这种答案。"

"如果非让我说的话，我会说这桩婚姻是不明智的。"

"你规劝过你父亲吗？"

"等我知道的时候，他们已经结婚了。"

"对你震动很大吧？"

菲利浦没有应声。

"你对这事感到不满吗？"

"随他高兴吧，没有任何人有理由干涉他的决定。"

"你和利奥尼迪斯太太相处得还好吗？"

"非常好。"

"关系和朋友一样，是吗？"

"我们很少见面。"

塔弗纳总督察改变了话题。

"能告诉我一些劳伦斯·布朗先生的情况吗？"

"恐怕不能。他是我父亲雇来的。"

"可他是受雇来教你的孩子的，利奥尼迪斯先生。"

"的确如此。我儿子有小儿麻痹症。还好病情并不严重。考虑到他不太适合去公立学校，父亲提议给他和我的小女儿约瑟芬妮请个家庭教师。我们的选择并不多，因为大多数人去服兵役了，能请的人就那么几个。小伙子的履历毫无瑕疵，爸爸和一直负责照看孩子的姨妈都对他非常满意，我也非常认可他。他教得很认真，教学内容十分合适，这点我必须向你申明。"

"他为什么没住在这儿，而住在你父亲那一侧？"

"那边空房间比较多。"

"请原谅我这么问——你有没有注意到劳伦斯·布朗先生和你继母之间有过于亲密的迹象？"

"我没机会去观察这种事情。"

"听说过这种传言吗？"

"总督察先生，我不信谣不传谣。"

"钦佩之至，"塔弗纳总督察说，"这么说你信奉非礼勿视，非礼勿听，非礼勿言了？"

"总督察，随你怎么说都行。"

塔弗纳总督察站起身来。

"谢谢你，利奥尼迪斯先生。"他说。

我一声不吭地跟在他身后走出了门。

"哦，"塔弗纳说，"真是个冷漠的家伙。"

第七章

"现在该去和菲利浦太太谈谈了吧,"塔弗纳说,"她婚前好像是叫玛格达·韦斯特。"

"她演得怎么样?"我问,"我知道她的名字,看过她几场演出,只是不记得什么时候、在哪儿了。"

"她是那种有望成名的演员之一,"塔弗纳说,"她在西区的剧院演出过一两次,在演出保留节目的剧场中还有点儿名气——她还经常在高雅的剧院和周末俱乐部演出。事实上不能成名的原因在于她不用依此谋生。她能挑拣角色,喜欢某个角色的时候甚至可以为演出赞助一点儿钱——而这种角色恰恰是最不适合她的。长此以往,她就从专业演员变成一个票友了。她的确很棒,特别擅长演喜剧,但剧院经理都不太喜欢她。他们说她太独立,也太爱惹麻烦了,还喜欢挑事和恶作剧。不知道其中有多少成分是真的,我只知道她在演员中并不是很受欢迎。"

索菲娅走出客厅,说:"总督察,我妈妈在这儿呢。"

我跟在塔弗纳身后走进了庞大的客厅。一时间我几乎认不出坐在锦缎靠背椅上的女人了。

她把金黄色的头发高高地挽在头上,梳成爱德华七世时期的样式。她穿着裁剪得体的深灰色衣裙,外套里穿着浅紫色的褶皱衬衫,颈项上戴着一支雕花别针。这回我总算领略到了她那高翘的鼻子独有的魅力。

这让我依稀想起了著名喜剧女演员雅典娜·塞勒——很难想象这和之前面对我们的那个穿着桃红色睡衣的邋遢女人是同一个人。

"是塔弗纳督察长吗?"她问,"进来坐下吧。你抽烟吗?这件事太可怕了,真让人难以忍受。"

她的声音低沉而没有感情,像是在竭尽全力控制着自己一样。她又说:"如果能帮得上忙的话,我会尽力的。尽管提要求吧。"

"利奥尼迪斯太太,非常感谢你的大度。我首先想问悲剧发生的时候你在哪儿?"

"应该在从伦敦开车回来的路上。我和一个朋友在常春藤饭店吃了午饭,然后共同参加了一场时装发布会。接着又和另一些朋友在伯克莱酒吧喝了几杯。之后我就回家了。回家时家里已经乱成了一团,公公突然发病,没多久就死了。"

她的声音微微发颤。

"你喜欢你公公吗?"

"我非常——"

她提高了音量。与此同时,索菲娅稍微调整了一下德加那幅画的角度。玛格达马上又把声音压低了。

"我非常喜欢他,"她轻声说,"我们住在他这儿。他对我们都很不错。"

"你和他太太相处得好吗?"

"我们不常见到布兰达。"

"为什么会这样?"

"我们的共同点不多。可怜的布兰达。有时生活对她来说也许是艰难了一点儿。"

索菲娅又一次调整了画的角度。

"真的吗?这话又怎么说呢?"

"哦,这我可就说不上来了。"玛格达摇摇头,露出悲伤的笑容。

"利奥尼迪斯太太和丈夫处得好吗?"

"哦,我想是的。"

"没有吵过架吗?"

玛格达又笑着摇了摇头。

"总督察,我真的不知道。屋子的两部分是完全分离的。"

"她和劳伦斯·布朗处得非常好,是不是?"

玛格达·利奥尼迪斯浑身一紧,睁大眼睛,以谴责的目光看着塔弗纳。

"我觉得你不该这么问,"她高傲地说,"布兰达对每个人都很好,她是个非常友善的人。"

"你喜欢劳伦斯·布朗先生吗?"

"他非常安静,人也很好,有时你全然意识不到他在你身边。事实上我也很少见到他。"

"他的教学效果令人满意吗?"

"应该是吧,我真的不知道。菲利浦似乎非常满意。"

塔弗纳开始触及一些比较敏感的问题。

"很抱歉这么问,但我想知道在你看来布朗先生和布兰达·利奥尼迪斯太太之间有恋情存在吗?"

玛格达以贵妇的姿态站起身来。

"我从来没见过这种迹象,"她说,"总督察,事实上我觉得这不是个应该由你来问的问题。我只知道她是我公公的妻子。"

我差点儿没鼓起掌来。

总督察同时也站了起来。

"再谈谈那些仆人好吗?"他提议道。

玛格达没有说话。

"利奥尼迪斯太太,谢谢你的合作。"谢完她,总督察便离开了。

"妈妈,干得漂亮。"索菲娅热情洋溢地对母亲说。

玛格达若有所思地卷起耳朵后方的一绺头发,看着镜中的自己。

"是啊——是的,"她说,"我觉得就应该这么演。"

索菲娅看了我一眼。

"你不跟总督察一起去吗?"她问。

"索菲娅,我在这里——"

我说不下去了。我无法当着索菲娅母亲的面问她我到底充当的是什么角色。玛格达·利奥尼迪斯对我的在场一点儿也不在意,只是把我当成她向女儿说退场词时的观众而已。至于我的身份是记者,是她女儿的未婚夫,是身份模糊的警方人员,还是殡仪馆的人,这些她都毫不在意。对玛格达·利奥尼迪斯来说,这些人压根儿没什么区别,都只是她的观众而已。

玛格达·利奥尼迪斯低头看了看脚,然后意兴阑珊地说:

"这双鞋不对,看上去太轻浮了。"

索菲娅对我连摇了几次头,示意我赶快跟着塔弗纳总督察出去。我在走廊出口上楼梯的地方追上了他。

"我准备上楼去和做哥哥的谈谈。"他解释说。

我直截了当地问出了刚才没问出口的那个问题。

"塔弗纳,你说我在这里算什么?"

他的表情十分惊讶。

"你希望自己以什么身份出现呢？"

"没错，就是这个问题没搞清楚。如果有人问起来，你说我该如何回复？"

"哦，原来是这么回事。"他考虑了一会儿，然后笑了笑，"有人这么问你吗？"

"哦……还没有。"

"那就别管它了。别去解释，尤其在这幢动荡不安的房子里就更是如此了。每个人都有自己的麻烦事，害怕受到询问，谁会来管你？他们会把你的在场看作理所当然的事。不需要说话的时候站出来说话，就太傻了。穿过这道门，我们这就上楼去吧。这幢房子好就好在哪里都不上锁。我想你应该很清楚，我问的问题全都是些废话。案发时谁在谁不在，他们各自在哪儿，其实根本不重要——"

"那你为何——"

他继续说了下去："因为这给了我一个接触他们的机会。掂掂他们的斤两，听听他们都说些什么，希望他们无意间能提供一些线索。"他沉默了一会儿，然后轻声说道，"如果没人挡着的话，玛格达·利奥尼迪斯一定会说出很多的。"

"她的话可靠吗？"

"哦，当然不，"塔弗纳说，"她的话可信性不强。不过这至少可以给我们提供一个调查的契机。房子里的所有人都有机会下毒。我想知道的恰恰是下毒的动机。"

楼梯口右边有扇门挡住了走道的右半部分。门上有个黄铜的门环，塔弗纳总督察力道适度地敲了敲。

门突然打开，门后的人一定是恰巧也想开门。站在我们面前的是一个笨拙的傻大个。他有着健硕的肩膀、卷曲的黑色头发和一张虽然丑陋却容光焕发的脸。他看了我们一眼,然后一脸老实地把视线移开了。

"哦,我差点儿忘记把你们请进来了,"他说,"我正要出去,不过这不要紧。快到客厅来坐吧。我去叫克莱门丝过来——哦,亲爱的,原来你在这儿。这是塔弗纳总督察。他——对了,我们家有烟吗?稍等片刻。如果你不介意的话——"

他撞上了屏风,面红耳赤地对它说了句"对不起",然后慌慌张张走出了门。

像只飞走后留下一片沉寂的大黄蜂。

罗杰·利奥尼迪斯太太站在窗前。我立刻被她那凌驾于一切之上的气势打动了。

这无疑是她的房子,我对这一点相当确定。

墙壁被漆成白色——真正的白色,不是通常说到室内装潢时所指的象牙白或乳白。室内只有壁炉上方的墙上挂了幅画,那是一幅由深灰和海军蓝几何图案构成的幻想型画作。

客厅里几乎没有家具,只有些必需品:三四把椅子,一张玻璃圆桌和一个小书架。家具上没有放置任何装饰品。房间里只有阳光、空间和足够的空气。罗杰这个小客厅和楼下的那个花团锦簇的大客厅全然无法相提并论。罗杰·利奥尼迪斯太太和菲利浦·利奥尼迪斯太太也完全不是一类人。玛格达·利奥尼迪斯根据需要可以表现出六七种不同的人物性格,而克莱门丝·利奥尼迪斯却只能是她自己。她是个非常有个性的、锋芒毕露的女人。

我估计她应该在五十岁上下。她头发灰白,留着像伊顿公学学生那样的"西瓜头"似的发型,和那张娇小精致的脸蛋却特别相称。她长着一张聪明脸蛋,浅灰色的眼睛射出犀利的光芒。身上简单的暗红色洋装和她苗条的身材非常相配。

我马上察觉到她是个相当警觉的女人……之所以这样认为是因为她的生活和平凡女子完全不一样。我立刻就明白索菲娅把"冷酷无情"这个词用在她身上的原因了。

客厅里很冷,我禁不住打了个哆嗦。克莱门丝·利奥尼迪斯用教养良好的语调轻声说:"总督察,快坐吧。有进一步的消息吗?"

"利奥尼迪斯太太,死因是伊色林中毒。"

她若有所思地说:"那这就是起谋杀案了。这不可能是事故,对不对?"

"当然不是,利奥尼迪斯太太。"

"总督察,请对我丈夫好一点儿。他这人很容易动感情。他崇拜他父亲,而且感情非常脆弱。他是个多愁善感的人。"

"利奥尼迪斯太太,你和你公公的关系好吗?"

"我们的关系非常好。"接着她又补充说,"只是我并不很喜欢他。"

"为什么不喜欢?"

"我不喜欢他的人生目标,更不喜欢他达到目标的方法。"

"那么你对布兰达·利奥尼迪斯太太有何看法呢?"

"布兰达吗?我不常见她。"

"你觉得她和劳伦斯·布朗先生之间可能有什么吗?"

"你是说婚外情吗?我不这样认为。不过我确实也不可能知道。"

她的语气显得十分淡然。

罗杰·利奥尼迪斯像只大黄蜂一般又匆匆飞回来了。

"我被电话耽搁了,"他说,"总督察,有新情况了吗?爸爸是怎么死的?"

"他死于伊色林中毒。"

"我的天哪,肯定是那女人干的了!她等不及了!他把她从下层拉上来,没想到却换来了这样的报应。真是冷血无情!天哪,一想到这儿我就怒火中烧!"

"有什么特别的理由吗?"塔弗纳问。

罗杰激动地走来走去,不住地用双手捋着头发。

"这还用得着理由吗?还有谁会做这种事?我从来没相信过她——更别提喜欢她了。我们谁都不喜欢他。老爸向我们兄弟俩宣布和那女人结婚的消息时,我和菲利浦都吃了一惊。这个岁数了还续弦!疯了!真是疯了!总督察,爸爸是个了不起的人。他像四十几岁的人那样精力充沛,活力十足。我在世界上拥有的一切都是拜他所赐。他为我尽到了一切责任——从没辜负过我。但我让他失望了,只要我一想到——"

罗杰颓然倒在椅子上。罗杰夫人安静地走到他身旁。

"罗杰,别再说下去了,别和自己较劲。"

"我知道,亲爱的——你的话我全明白,"说着他把妻子的手握在手中,"只是我怎能保持平静呢,我怎能不感到——"

"罗杰,我们必须保持平静。塔弗纳总督察需要你的帮助。"

"利奥尼迪斯太太,你说得太对了。"

罗杰大声喊:

"你们知道我想干什么吗?我想用自己的双手扼死那个女人。她就不能让老爷子多活两年吗?如果她此刻在场的话——"他冲动地站了起来,全身因为激动而震颤着,接着颤抖地伸出双手,"是的,我要拧断她的脖子,拧断她的脖子……"

"罗杰,别闹了!"克莱门丝·利奥尼迪斯厉声说。

罗杰窘迫地看着妻子。

"亲爱的，对不起。"他转身看着我们，"我真心实意地向你们道歉。我实在无法控制住自己的感情。我——请你们原谅我——"

他再一次走出房间。克莱门丝·利奥尼迪斯对塔弗纳惨然一笑，然后说："他连一个苍蝇都拍不死，还想去杀人呢！"

塔弗纳彬彬有礼地接受了她的说辞。

接着他开始问起那些常规问题。

克莱门丝·利奥尼迪斯简单而准确地回答了这些问题。

父亲死的那天，罗杰·利奥尼迪斯去了筵席承办公司的所在地伦敦博克斯大厦。那天下午他回来得很早，和往常一样去父亲那儿待了一会儿。克莱门丝·利奥尼迪斯则和平时一样在高尔路的兰伯特研究所上班，傍晚六点以前回到家。

"那天你见到你公公了吗？"

"没有，最后一次见他是在他死的前一天。吃完晚饭以后我们一起喝了咖啡。"

"你在老人死亡那天没见到他，是吗？"

"是的。事实上我本来是要去他那边的，罗杰以为自己把一支珍贵的烟管忘在他那儿了，不过我在门廊的桌子上找到了烟管，因此就没去打扰他。六点的时候他总要打一会儿瞌睡。"

"你是什么时候知道他发病了？"

"布兰达急速冲了过来，那应该是六点半刚过的事。"

这些问题其实并不重要，但我知道塔弗纳正在深入地了解回答问题的这个女人。他问了几个有关工作的问题。克莱门丝回答说她在研究有关核裂变的放射性反应的问题。

"你从事的是原子弹方面的工作吗？"

"我们的工作不具有任何破坏性，研究所在做医疗方面的试验。"

塔弗纳站起身，表示想看看罗杰夫妇住的地方。她看上去有些吃惊，但还是同意了。卧室里有两张单人床，床上盖着洁白的床罩。看上去像是医院病房或修士安心读经的小房间。浴室同样也很简朴，没有奢华的装饰，也没有成排的化妆品。厨房里一尘不染，各种简易的实用餐具一应俱全。接着我们走到了一扇门口，克莱门丝告诉我们："这是我丈夫的专用房间。"

"进来吧，"罗杰说，"进来看看吧。"

我稍微松了口气。先前那些一尘不染的地方简直把我压抑坏了。这里却是个性化十足的空间。房间里有一张桌面可以折叠的大写字台，桌面上杂乱地覆盖着纸张、旧烟管和烟蒂。桌子旁边放着几张破旧的安乐椅。地上铺着一张波斯地毯。

墙上挂着一些褪色的照片。我仔细一看，发现其中有学校的照片，板球队的照片和军队里的照片。除了这些照片以外，墙上还挂着沙漠、寺院尖塔、帆船、海景以及日落的水彩画稿。这是间令人赏心悦目的房间，一个极易与人结交的男人的房间。

罗杰笨拙地为我们倒酒，把书和文件从椅子上挪开。

"这地方乱得一团糟，我正在收拾。主要是清理掉一些旧的文件。酒倒得差不多请说一声。"总督察没有要酒，我接过了一杯。

"你们得原谅我。"罗杰说。他把我的酒递给我，然后转身和塔弗纳攀谈起来。"我真快要失控了。"

他鬼鬼祟祟地看着周围，好在克莱门丝·利奥尼迪斯没有跟我们一起进入房间。

"她太完美了，"他说，"我是说我太太。经历了这么多事情以后,她仍然如此完美!真是了不起!我简直无法表达自己对她的钦佩。她有过一段苦日子——非常艰苦。我可以把那时的事告诉你们。事实上那是我们结婚以前的事了。她前夫是个好人——我是说品行良好——只是身体非常虚弱——他患上了结核病。他从事结晶学方面的研究工作,意义非凡却收入不高。克莱门丝知道他随时随地都可能会死,还一直养着他。她从来没抱怨过,更没有在丈夫面前表现得不耐烦。她总是说自己很快乐。他的死给了克莱门丝很大的打击。我好不容易才说服她嫁给我,我很高兴能让她休息一下,带给她幸福,并希望她能放弃工作,她却觉得战时更需要坚持工作。她是个完美的太太——男人能找得到的最佳太太。老天,我真是太幸运了!我愿意为她付出所有。"

塔弗纳得体地回应了一声。接着又把常规问题问了一遍:他是什么时候知道父亲发病的。

"布兰达冲上楼来叫我。我父亲病了——她说父亲突然急病发作了。

"半小时前我还在和老家伙一起坐在那儿喝茶聊天。那时他完全没事。听到消息以后我立刻赶了过去。他脸色发青,一直喘个不停。我冲下楼找到菲利浦。他马上给医生打了电话。我——我们什么都做不了。我当时根本没想到有什么不对劲儿。不对劲儿?我这么说了吗?老天,这么说可真是恰如其分!"

我和塔弗纳好不容易才从罗杰·利奥尼迪斯勃发的感情中逃离出来,发现自己又一次站在了二楼的楼梯口。

"哦,两兄弟的差别真是太大了,"说着他话锋一转,"通过家里的人和物品你可以了解到他们是怎样的人。"

我点头表示同意,听着他继续说下去。

"怪人才能结合在一起,你说是吗?"

我不知道他说的是罗杰夫妇还是菲利浦夫妇，觉得这句话用在其中任何一对身上都恰当。不过这两对在我看来都很幸福。罗杰和克莱门丝尤其幸福。

"罗杰不可能会投毒，你说是吗？"塔弗纳问我，"不是临时起意的案子，至少我认为不是。不过打包票的话是不能轻易说了。相形之下，妻子更有嫌疑。她是那种做事不会后悔的女人，有时可能会有些疯狂。"

我又一次同意了他的看法。"不过我不认为克莱门丝仅仅因为生活目标或生活方式不同就会杀人。也许她真的很恨那个老头儿——但谁又会因为简单的仇恨而杀人呢？"

"非常少，"塔弗纳说，"我从来没遇见过一个这样的人。保险起见我们还是去盯着布兰达吧。只是恐怕很难找到证据。"

第八章

客厅里的女仆为我们打开了对面那侧屋子的房门。她显得非常惶恐,语气却不失傲慢。

"想见女主人吗?"

"是的,麻烦帮忙打声招呼。"

她把我们带进一个大客厅,然后便离开了。

这间客厅的大小几乎和菲利浦家那间一模一样。客厅里的家具上铺着亮丽的印花棉布,窗户上挂着条纹图案的丝质窗帘。壁炉上方的一张肖像画吸引了我的目光——不只是因为它是大师手笔,更是因为画中人那张令人难以忘怀的脸庞。

画中的老人个子很矮,目光却极富穿透力。他戴着一顶黑色的绒帽,头缩进双肩。但老人的力量和活力跃然纸上。两只炯炯有神的大眼睛牢牢地紧盯着我。

"是奥古斯塔·约翰为他画的肖像画,"塔弗纳总督察的语法不太讲究,"是个很有个性的老头儿,对吧?"

"没错。"我回答说,心里却觉得这个简单的"没错"并不足以反映我的感受。

我终于了解到艾迪丝·德·哈维兰小姐所说的"房子里没了他会显得特别空旷"是什么意思了。低矮的怪屋是画上这个奇形怪状的小矮人所造——没了这个主心骨以后,这幢屋子就失去了其存在的意义了。

"那是萨金特为他的第一位太太画的像。"

我审视着两扇窗户之间的这幅画像。和萨金特的许多画作一样,这幅画也散发着刻薄的意味。画中人的脸被故意拉长,使人隐约想到马脸——这是幅典型的英国仕女画像(画家故意画得很土气,一点儿都不时髦)。画中的这位夫人漂亮,却有些死气沉沉的,和壁炉上那个满脸笑意、精力充沛的老头儿一点都不般配。

门开了,兰姆警长走了进来。

"先生,我找仆人们聊过了,"他说,"没问出什么来。"

塔弗纳叹了口气。

兰姆警长掏出笔记本,退到客厅一角,谦逊地坐了下来。

门又开了,阿里斯蒂德·利奥尼迪斯的第二任妻子走进房间。她周身包着一套昂贵的黑色丧服——上至脖子,下到手腕。步子懒洋洋的,像只黑色的大懒猫似的,向我们走来。她的脸蛋非常标致,棕色的头发梳成一种漂亮的发型。她的脸上抹了许多粉,还涂了口红和胭脂,不过还是看得出她一直在哭。她颈上戴着一串珠宝,两只手上分别戴着祖母绿戒指和红宝石戒指。

她显得非常害怕。

"早上好,利奥尼迪斯太太,"塔弗纳总督察故作轻松地说,"抱歉又来打扰你。"

她刻板地回答道:"这也是没办法的事情。"

"利奥尼迪斯太太,我想你应该明白,此时有个律师在场为你出出主意也不是不可以。"

我怀疑利奥尼迪斯太太是否清楚这句话的含义。但她显然没弄明白。

她只是阴郁地说:"我不喜欢盖茨基尔先生,不希望他在场。"

"利奥尼迪斯太太,你可以有自己的律师。"

"必须得请吗?我不喜欢律师。他们总是让人摸不着头脑。"

"这就要你自己拿主意了,"塔弗纳立刻挂上笑容,"我们可以继续下去了吗?"

兰姆警长舔了舔手中的铅笔。布兰达·利奥尼迪斯则在面对着塔弗纳的沙发上坐下了。

"发现了什么线索没有?"她问。

我发现布兰达的手指一直在紧张不安地摩挲着裙边。

"我们断定你丈夫是因为伊色林中毒而死的,这点是确定无疑的了。"

"你是说他是因为那些眼药水而死的吗?"

"看来你给利奥尼迪斯先生注射的最后一针是伊色林,而不是胰岛素。"

"但我什么都不知道啊。我和这事没有半点儿关系。总督察,我真的完全不知情。"

"一定是有人故意把胰岛素换成了眼药水。"

"真是太邪恶了。"

"利奥尼迪斯太太,你说得一点儿没错。"

"你们认为这是无意的还是有意的?这不太可能是个玩笑吧?"

塔弗纳开诚布公地说:"利奥尼迪斯太太,我们完全不认为这是个玩笑。"

"肯定是哪个仆人干的。"

塔弗纳没有回应。

"肯定是的。想不出还有别的人会这么干。"

"你确定吗？利奥尼迪斯太太，好好想想。一点儿头绪都没有吗？没人对他抱有敌意？没有争吵或怨恨吗？"

布兰达仍然用敌视的眼神看着塔弗纳。

"我一点儿头绪都没有。"她说。

"你说那天下午你去看电影了，是吗？"

"没错，我是六点半回来的，正巧是打胰岛素的时间。我——我和平时一样给他打了一针，他突然觉得很不舒服。我吓坏了，连忙冲过去找罗杰，这些我已经全告诉过你们了。是否需要我向你们多复述几遍？"她语带讥讽地问。

"利奥尼迪斯太太，我感到非常抱歉。现在能不能去找布朗先生来谈谈？"

"找劳伦斯吗？为什么要去找他？他根本什么都不知道。"

"尽管如此，我还是想找他谈谈。"

布兰达狐疑地看着塔弗纳总督察。

"尤斯塔斯正在阅读室里跟他学拉丁文，你想让他上这儿来吗？"

"不用——我们过去找他。"

塔弗纳飞快地退出客厅，我和警长连忙跟了上去。

"先生，你让她受惊了。"兰姆警长说。

塔弗纳嘟囔了几声，然后领着我们走上几级台阶，通过走道进入一个能俯瞰花园的大房间。一个三十岁左右的金发男子和一个皮肤微黑的十六岁男孩正坐在房间里的书桌旁。

他们抬头看着我们进门。索菲娅的弟弟尤斯塔斯茫然地看着我。劳伦斯·布朗神色惊惶地看着塔弗纳总督察。

我从来没见过哪个人像他这样吓得全身无力。他站起身，然后又坐了回去。他用几乎听不见的声音结结巴巴地说：

"哦，呃，总督察，早上好。"

"早上好，"塔弗纳非常有礼貌地说，"能和你说句话吗？"

"可以，当然可以。真是太荣幸了。至少——"

尤斯塔斯站起身。

"总督察，需要我离开吗？"他的声音非常愉悦，却微微地带着一丝傲慢的意味。

"我们——我们可以稍后再学。"他的导师说。

尤斯塔斯旁若无人地漫步走向门边，他的步态稍微有几分僵硬。通过门的时候，我和他目光相交，他把手指在脖子上一划，对我做了个抹脖子的手势。接着便关上了门。

"布朗先生，我们开始吧，"塔弗纳说，"分析结果很明确，利奥尼迪斯先生是因为伊色林中毒而死的。"

"我——你是说——你是说利奥尼迪斯先生真是被人毒死的吗？我原本还希望——"

"他是被人毒杀的，"塔弗纳彬彬有礼地说，"有人用含有伊色林的眼药水换掉了胰岛素。"

"我不相信——太令人震惊了。"

"问题是谁有动机？"

"没人——根本没人会想去杀他！"年轻人的声音突然提得很高。

"想不想要个律师在场？"塔弗纳问。

"我没什么律师。我也不需要。我没什么要藏着掖着的——没任何事……"

"你应该知道自己所说的话会成为呈堂证供吧？"

"我是无辜的。我向你保证——我是无辜的。"

"我没有暗示任何事情。"

说到这儿时塔弗纳停顿了一下,然后转换了话题。"利奥尼迪斯太太比她丈夫小很多,难道不是吗?"

"我想是的——我是说,他们的确相差很多岁。"

"她有时一定会觉得非常孤独。"

劳伦斯·布朗没有答话,只是用舌头舔着干燥的嘴唇。

"有个年纪相仿的伴侣在身旁,一定会让她非常快乐吧?"

"我——才不是呢——我是说——这个我不知道。"

"在我看来,你们俩产生依赖感是件自然而然的事。"

年轻人激烈地抗议起来。

"不,不是那样的!根本没有这种事!我很清楚你在想什么,但根本没这种事!利奥尼迪斯太太总是对我非常好,我也对她非常敬佩——但没有更多的了——再没有更多的了!荒谬,真是太荒谬了!我不会杀任何人——更不会做偷梁换柱这种事。我很敏感,而且非常容易激动。我——我才想不出杀人的念头——分派工作的人就很理解这一点——我信仰的宗教反对杀人。他们让我去医院烧锅炉,这活儿太累了,我吃不消——于是他们又让我给人做家教。我使出浑身解数教好尤斯塔斯和约瑟芬尼——约瑟芬尼非常聪明,但有点儿难教。这里每个人对我都很好——利奥尼迪斯先生,利奥尼迪斯太太和艾迪丝·德·哈维兰小姐都是好人。现在发生了这种可怕之事……你们竟然会怀疑到我头上!"

塔弗纳总督察神情漠然地审视着他。

"我没有这样说。"他告诉布朗。

"但你是这样想的。我知道你是这样想的!他们都这么想!从他们的眼光中我就看出来了。我——我不能继续跟你谈了。我有点不舒服。"

他匆匆走出阅读室。塔弗纳慢慢偏转过头，看了我一眼。

"你如何看他？"

"他被吓坏了。"

"我是问你认为他是凶手吗？"

"如果你问我的话，"兰姆警长插话进来，"我会说他没这个胆量。"

"他不会敲人的头，也不会对人开枪，"总督察附和道，"但这种罪行应该是能胜任的吧？只需要捣鼓几个药瓶就好……只是帮一个很老的老头儿相对无痛苦地离开这个世界罢了。"

"简单实用的安乐死方法！"警长评论道，"风平浪静以后，也许还能和一个免交税继承十万英镑的女人结婚。这个女人已经有了差不多金额的资产，另外还有很多鸡蛋大的红宝石和蓝宝石。绝对值得干一票。"

"但这只是假设和揣度！"塔弗纳叹了口气说，"我的确设法吓唬了他，但这证明不了任何事情。即便是无罪的，他也会被吓成这个样子。事实上，我倒觉得真不是他干的。我比较怀疑那个女人——但我不知道她为何没有把胰岛素药瓶扔掉或洗干净。"说着他转身面对警长，"仆人们有没有说他们的关系怎么样？"

"客厅女仆说他们非常亲密。"

"有什么根据吗？"

"她是从利奥尼迪斯太太给他倒咖啡的时候，他看利奥尼迪斯太太的眼神判断出来的。"

"这种东西不能拿到法庭上去！没有别的什么了吗？"

"没有了。"

"如果真有什么的话，仆人们肯定会看到。现在我开始相信他们真的没有私情了。"说着他看了我一眼，"回去找她谈谈，把你对她的印象告诉我。"

我态度勉强地去了，但其实我还是蛮有兴趣的。

第九章

布兰达·利奥尼迪斯坐在我们离开时她待的地方没动。我进门时她猛地抬头看了我一眼。

"塔弗纳总督察呢？他还会来吗？"

"目前还不会。"

"你是谁？"

终于被人问到了一直期待有人会问的问题，我不禁感到一阵解脱。我实事求是地回答了这个问题。

"我和警方有些业务联系，同时也是这家人的朋友。"

"他们这家的朋友吗？这家人都是野兽，我恨他们！"

她一边看着我，一边不停地说话。她的表情阴沉、恐惧，还带着愤怒。

"他们对我很凶，总是对我很凶。我一嫁过来就是这样。我为什么就不能嫁给他们的宝贝父亲呢？这跟他们有什么关系？他们都得到了大量的钱。他分给每个人很多钱。凭自己的脑子他们才赚不到那么多呢！"

喘了口气以后她接着又说：

"即便他确实有点儿老——可是他为何就不能再婚呢？事实上他一点儿不老——至少身体一点儿不老。我非常爱他，非常非常爱他。"说着，她挑衅似的看着我。

"我明白,"我告诉她,"你说的我全都明白。"

"我想你也许不明白这一点——但这全都是事实。我厌倦如狼似虎的男人,可我想有个家。我希望有个人对我嘘寒问暖,温和地对待我。阿里斯蒂德经常给我讲一些温馨的小故事,常常把我逗笑——他非常聪明。他经常能想出一些巧妙的主意以规避刻板的政策法规。他非常、非常聪明。我对他的死感到很伤心,非常、非常伤心。"

布兰达靠在沙发上。她的嘴很大,微微向一边翘起,露出一丝慵懒的笑容。

"我在这儿既快乐又安全。我可以去所有时尚的制衣店——报纸上看到的那些。这里能让我觉得我不比任何人差。阿里斯蒂德还常常给我一些可爱的东西。"说着她伸出手,让我观赏手上戴的红宝石。

她的手突然在我眼前化为猫爪,说话的声音也极像猫打呼噜的声音。她没觉察出我的态度,仍然自顾自地微笑着。

"这有什么错?"她问我。

"我对他很好,能让他感到快活。"看到我不吱声,她干脆凑过身来,"知道我们是如何相遇的吗?"

她不等我回答就把他们相遇时候的事告诉了我。

"那是在三叶草饭店。他要了份吐司夹蛋,当时我的心情很糟,我一边哭一边把饭送了过去。'给我坐下,'看到我哭,他不由得和我搭上了话,'告诉我怎么回事。''我不能和你聊天说话,'我告诉他,'不然他们会把我开除的。''不会发生这种事,'他说,'这地方是我的。'这时我才正眼瞧了他,发现他是个古怪的小老头儿。不过我马上就发现他那矮小的身躯里蕴藏着惊人的力量。我把事情的前因后果告诉了他⋯⋯你一定从他们嘴里听说了吧——说我是个坏种——但我这个人其实根本不坏。我在养尊处优的环境里长大。家里开了一家高档的针织品商店。我不是那种有很多男朋友、自轻自贱的女孩。但特里和我不同。他是个爱尔兰人，去了海外……没写一个字回来。我觉得我是个傻瓜。然后便发生了开头讲到的那一幕。和许多可怜的帮佣女孩一样，我也遇上了麻烦……"

她的声音里有一种俗不可耐的傲慢。

"阿里斯蒂德非常好。他说一切都会过去的。他说他很孤独，还说我们可以马上结婚。真像做梦一样。我很快就发现他是大名鼎鼎的利奥尼迪斯先生，拥有数都数不清的商店、餐馆和夜总会。真像个神话故事，你说是不是？"

"确实是。"我淡淡地回答道。

"我们在伦敦的一个小教堂结了婚——然后去了国外。"

"有孩子吗？"

她把目光从远处拉了回来，仔细地审视着我。

"我们没生小孩，也许这是个错误。"

她弯起嘴角，露出诡异的笑容。

"我发誓成为他的好妻子，同时也做到了这点。我叫来各种各样他喜欢的食物，穿上他喜欢的颜色的衣服以取悦他，他和我生活得很快乐。只是我们无论如何都摆脱不了他的家人。这些人总是来找他，住他的房子沾他的光。还有那个德·哈维兰小姐。我原本以为我丈夫一结婚她就应该知趣地走了。我这样说过。阿里斯蒂德却说：'她已经住了很久了。现在这里是她的家。'事实上他是想让他们全围着自己转。这些人对我都很坏，他却假装没看见。罗杰恨我——你见过罗杰吗？他向来很恨我。他是个嫉妒心很强的男人。菲利浦一直坚持不和我说话。现在他们都企图说我杀了他——但我没有——真的没有!"说着她又凑过来一点儿,"请相信我真的没有杀害他。"

我突然对她起了恻隐之心。利奥尼迪斯一家对她的轻视以及急于把罪行栽赃给她的行为,刹那间变成了毫无人道的行为。眼前这个小姑娘孤单无助,毫无还手之力,还被人穷追不舍。

"他们觉得不是我,就是劳伦斯。"她接着又说。

"劳伦斯是个怎样的人?"既然提到了他,我就不妨问问。

"我很同情劳伦斯。他很脆弱,无力和那些人抗争。这倒不是因为他是个懦夫。他太敏感了。我一直想给他鼓劲儿,让他开心。他必须给这两个可怕的孩子上课。尤斯塔斯总是嘲笑他,还有那个约瑟芬尼——我想你一定已经见过她,知道她是什么样的人了吧?"

我告诉她我还没见过约瑟芬尼。

"有时候我觉得那孩子脑子不太对劲儿。她总是鬼鬼祟祟的,看上去也非常怪……有时她会让我害怕得发抖。"

我不想在这里和她谈约瑟芬尼的事情,便把话题又转回劳伦斯·布朗身上。

"他是谁?"我问她,"又是从哪里来的?"

我的意思表达得不是很清楚,布兰达的脸一阵绯红。

"他不是什么特别的人。他有点儿像我……我们怎能对抗他们所有人呢?"

"你没觉得自己有点儿歇斯底里吗?"

"我没觉得。他们企图证明是我或者劳伦斯下的毒,并且设法让警察站在他们那边。我还能怎么办啊?"

"你不必太过激动。"我对她说。

"为什么不能是他们中的某个,或者某个外来人、仆人杀害了他呢?"

"缺少具体的犯罪动机。"

"哦,是动机吗?我和劳伦斯又能有什么动机呢?"

我颇不自在地告诉她:

"我想他们也许会觉得,你——呃——和劳伦斯彼此相爱,而且想着要结婚。"

她突然从椅子上跳了起来。

"真是邪恶!这不是真的!我们从来没有说过这类话。我只是同情他,想让他振作起来。我们是朋友,仅此而已。你应该相信我,是不是?"

我确实相信她。也就是说,我确实相信她和劳伦斯之间如同她说的那样,仅仅是朋友。不过我觉得她确实爱上了那个年轻人,只是自己没意识到罢了。

抱着这种念头,我下楼去找索菲娅。

我正要走进客厅的时候,索菲娅把头从过道那端的一扇门里伸了出来。

"嘿,"她招呼一声,"我正在帮仆人做饭呢。"

我原本想进厨房和她一起做饭。她却走到过道上,随手关上门,然后拉着我的胳膊走进空无一人的客厅。

"见过布兰达了吗?"她问,"你觉得她怎么样?"

"老实说,"我开诚布公地说,"我很同情她。"

索菲娅显得很吃惊。

"看来她把你说服了。"她说。

我略微感到有些恼火。

"问题在于我能站在她的角度看问题,你却不能。"我告诉她。

"你指的是什么?"

"索菲娅。凭良心说,自从她来这儿以后,你们中间有没有人对她好过,或公平一点儿待她?"

"当然没给她什么好脸。为什么要对她好呢?"

"不说别的,仅仅是因为基督徒之间的互谅互爱也要对她好啊!"

"查尔斯,别跟我唱高调了。布兰达跟你谈的时候一定把她的妩媚功夫都使出来了。"

"索菲娅,你真是不——我不明白你到底是怎么了。"

"我只是老实讲,没有装模作样罢了。你只是从布兰达的角度看问题,所以才会那样说。试试从我的角度看待这个问题如何?我不喜欢那种编造一个苦命的故事,并以此为契机嫁给年老富翁的年轻女子。我有十足的理由不喜欢她那种人,也没有理由要假装去喜欢。如果把她的情况白纸黑字全都写下来给你看的话,我想你一定也不会喜欢她那种人的。"

"难道她是信口胡说吗?"我问。

"你是说想要孩子的事吗?我想应该是胡说。"

"你是对祖父受骗感到愤懑不平吗?"

"爷爷才没受骗上当呢,"索菲娅笑了,"爷爷从来不受任何人的骗。他想要布兰达。他想在布兰达面前扮演科菲多亚①的角色。他很清楚自己在干什么,而且一切都是按照他的计划进行的。从爷爷的角度来看,这桩婚姻是完全成功的——和他的其他行动一样。"

"雇佣劳伦斯·布朗当家教也是他的成功之举吗?"我辛辣

---

①传说中的一位非洲国王,他不喜欢女人,最后却爱上一位乞女,娶了这个女子做自己的王后。

地问。

索菲娅皱起了眉。

"这我倒不能确定了。爷爷想让布兰达幸福快乐。他也许觉得光是珠宝和衣服还远远不够。他也许觉得布兰达的生活中还需要点儿小小的浪漫。他也许觉得劳伦斯·布朗这种真正懦弱的人会比较合适,如果你明白我的意思,这可能是他的那种小把戏。一种略带感伤色彩的炽热友谊能避免布兰达和外面的人惹上绯闻。爷爷完全制订得出这样的计划,你知道,他有时候真是个魔鬼。"

"他本身就是个魔鬼。"我附和道。

"他没想到这会导致一场谋杀……结果正是这样,"索菲娅突然情绪激烈地说,"尽管我非常希望这样想,但并不认为这是她杀了爷爷的原因。如果她策划谋害他,或者和家庭教师共谋,爷爷是一定会知道的。我觉得这种说法在你看来可能过于牵强了一点儿——"

"老实说的确有点儿牵强。"我告诉她。

"但你们到现在还不了解我爷爷。他是不会纵容别人谋害自己的。所以你们到现在还没能理出头绪。"

"布兰达很害怕,"我说,"非常非常害怕,一点儿不像会谋害人的样子。"

"她害怕的是塔弗纳总督察和他那群饭桶吗?是啊,我知道他们的样子的确蛮吓人的。我想劳伦斯也一定吓得不轻吧?"

"的确吓得不轻。他的样子可笑极了。我不明白怎么会有女人喜欢这样的男人。"

"查尔斯,你没发现劳伦斯对女人来说很有吸引力吗?"

"他那样的窝囊废怎么会对女人有吸引力呢?"我表示难以

置信。

"男人们为什么总觉得只有原始人才会对女人有吸引力呢？劳伦斯的确很有吸引力，我却不指望你能了解这一点。"说着她看了我一眼，"看来布兰达完全把你迷惑住了。"

"别荒唐了，她一点儿都不漂亮。她根本无法和你——"

"你是说她色诱你吗？不，她只要你同情她就够了。她不漂亮也不能算聪明，但她有个非常显著的性格特征。她非常会制造麻烦。这不，她已经在你我之间造成这么大的隔阂了。"

"索菲娅，你这么说一点儿都不公平！"我朝她喊着。

索菲娅朝门口走了过去。

"查尔斯，不和你争了，我得去做午饭了。"

"我去帮帮忙吧。"

"不，你留在这里。厨房里多出个男人会让女仆手忙脚乱的。"

"索菲娅。"我对着她的背影又喊了一声。

"怎么啦？"

"只是个有关仆人的问题。为什么这里和楼上见不到穿着围裙和戴着帽子的仆人呢？"

"爷爷那边雇了厨子、管家、客厅女仆和贴身男侍。他喜欢请用人。他付的薪水很高，当然也很得人心。克莱门丝和罗杰请了个每天来打扫卫生的钟点工。他们不喜欢仆人——准确地说，是克莱门丝不喜欢用仆人。如果罗杰每天不去城里吃顿大餐的话，他一定会饿死的。克莱门丝所谓的吃饭就是莴苣、土豆和胡萝卜。我们有段时间也请了仆人，后来妈妈发了一次脾气，把他们都赶走了。接着我们请了白天来的钟点工，但妈妈一发脾气，他们又都走了。就这样雇了又走，走了再雇。现在的女仆算做得比较长的一个，发生紧急状况时也比较靠得住。现在你知道了吧。"

索菲娅离开了。我瘫坐在一把缎面椅上,沉浸在思考中。

在楼上的时候我是从布兰达的角度看待问题的,现在我开始从索菲娅的角度看待这个问题。我意识到索菲娅的观点是很有道理的——这同样也是利奥尼迪斯家族的观点。他们对一个用卑鄙手段进入他们家的外来人怀恨在心,他们对布兰达的排斥只是在维护自己的利益而已。正如索菲娅所说的那样:"面子上不太好看……"

只是事情还有人情的一面——局中人无法看清,只有我这样的外来人才能看清楚的那一面。这家人一直很有钱,养尊处优。他们无法明白现实生活中落魄者所受的诱惑有多么大。布兰达·利奥尼迪斯渴望财富,渴望漂亮东西,渴望安逸——渴望具备这些条件的家。她说为了得到这些,她会竭尽心力博得年迈丈夫的欢心。我对这样的她感到非常同情。事实上我们俩交谈的时候,我已经对她起了恻隐之心——现在我对她的同情是否还是一分不减?

这是问题的两个方面——只是看问题的角度罢了——哪个角度比较真实一些……哪个角度比较真实……

前一天晚上我睡得很少。早上一起来就开始和塔弗纳一起协同调查。在玛格达·利奥尼迪斯温暖而充满花香的客厅里,我的身体在松软坐垫的怀抱中慢慢放松,眼皮渐渐耷拉下来……

布兰达、索菲娅和小老头儿的画像在我的脑海中掺杂在一起,渐渐朦胧起来。

之后我就睡着了……

第十章

我渐渐脱离梦境,完全没意识到刚才已经睡过一觉。

花香满溢。眼前跃动着一个白色的圆点,过了好一会儿我才意识到那是张人脸——悬浮在空中、离我一二英尺的脸。随着感知渐渐恢复正常,我的视线一下子清晰了。那张脸像个妖怪——圆圆的眼睛,突出的额头,梳向后面的头发以及一对珠子般的黑眼睛。但这张脸确实是和一个极其瘦小的身躯连在一起的。我发现眼前的人正在热切地看着我。

"你好。"人影对我说。

"你好。"我眨眨眼回答道。

"我是约瑟芬尼。"

我已经推断出了她的身份。约瑟芬尼大约十一二岁,和她祖父一样奇丑无比,估计她和祖父一样,也有一个聪明的大脑。

"你是索菲娅的那一位吧。"约瑟芬尼说。

我告诉她这话没错。

"但你是和塔弗纳总督察一起来的。你为什么和他一起来啊?"

"他是我的朋友。"

"他是你的朋友吗?我不喜欢他。不愿告诉他任何事情。"

"什么样的事?"

"我知道的事情。我知道许多事情,我喜欢到处打听。"

她坐在椅子扶手上，继续审视着我的脸。我开始觉得有点儿不太自在。

"爷爷被人谋杀了，你知道这事吗？"

"是的，"我告诉她，"我已经知道了。"

"他被人毒杀了。用的是伊——色——林。"她字正腔圆地把毒物的名称拼了出来，"很有趣，对不对？"

"的确很有趣。"

"我和尤斯塔斯非常感兴趣。我们喜欢读侦探小说。我一直想当侦探。现在我已经在做侦探了。我一直在搜集有关的证据。"

我觉得她是个令人感到害怕的孩子。

接着她又开始提问了。

"和塔弗纳总督察一起来的人也是个侦探吗？小说里说可以从靴子判断出便衣警察的身份。但这个警察穿的却是山羊皮鞋。"

"情况一直在变化。"我告诉她。

约瑟芬尼用自己的思路来理解我这句话。

"是的，"她说，"我觉得这里就会发生许多变化。我们会住到伦敦泰晤士河畔的一幢房子里去。妈妈已经盼了很久，她会非常开心。如果把爸爸的书都搬过去，他也是不会反对的。他以前买不起那种房子，他在《红衫泪痕》上亏了一大笔钱。"

"《红衫泪痕》是什么？"我询问道。

"没听说过吗？"

"是部戏吗？没有，我没听说过。这段时间我一直在海外。"

"这部戏没有演出多久。事实上非常不成功。我觉得妈妈不太适合演耶洗别——《红衫泪痕》这部戏的主人公——你认为呢？"

我思索着玛格达给我留下的印象。桃红色的缎子睡衣和精致的时髦套装都和耶洗别的形象相去甚远。不过我相信玛格达还有我没见到的一面。

"也许是不太适合吧。"我小心翼翼地说。

"爷爷总是说那出戏非常失败。他说他不会花钱赞助那种历史宗教剧。说这种剧绝不会卖座。妈妈却很热衷。我也不喜欢那出戏。他们把故事改得面目全非,和《圣经》原著完全不一样。我是说,戏里的耶洗别没有《圣经》中那般邪恶。她在剧中非常爱国,性格也相当好。这样一来,整出戏就一点儿都没意思了。不过结尾倒还可以。他们把她扔出了窗户,只有狗愿意来吃她。我觉得这相当可怜,你说是吗?我非常喜欢戏里的这一部分。妈妈说不能让狗出现在舞台上,我不知道这是为什么。让人演狗总是可以的吧。"她兴奋地引述起剧本中的段落,"'它们把她吃得只剩下手掌。'野狗为什么不连手掌也吃掉呢?"

"我不知道。"我诚实地告诉他。

"你不认为那些狗有些特别吗?我们家的狗就不同。它们什么都吃。"

约瑟芬尼出神地琢磨了一会儿《圣经》里的这个故事。

"我对这出戏的失败感到很难过。"我告诉她。

"是啊,妈妈也很失望。那些剧评简直太不客气了。妈妈看到剧评后整整哭了一天,还把早餐的餐盘扔向了格雷迪斯,格雷迪斯便因此而辞职了。真是荒唐透顶。"

"约瑟芬尼,我发觉你很喜欢戏剧。"我说。

"他们给爷爷做了尸检,想查明他的死因,"约瑟芬尼说,"你不觉得把尸检称为'P.M.'未免有些滑稽了吗?'总理'和'下午'的缩写也是这个,不会把它们给弄混吗?"她若有所思地补充道。

"你对爷爷的死感到很痛心吗？"我问她。

"不是很痛心。我不太喜欢他。他不让我学芭蕾，实现当芭蕾舞者的理想。"

"你想学跳芭蕾舞吗？"

"是的。妈妈支持我去学，爸爸不是很在意，爷爷却极力反对，他说跳芭蕾舞对我没好处。"

她从椅子扶手上跳下来，踢掉鞋子，费力地踮起脚尖，做了个跳芭蕾舞的动作。

"跳芭蕾舞必须有双合适的鞋，"她说，"即使那样，有时候脚尖也会肿得很厉害。"接着她穿上鞋，随口问了一句："你喜欢这幢房子吗？"

"我说不上来。"我对她实话实说。

"我想它多半会被卖掉吧。除非布兰达打算继续住在这里。我想罗杰叔叔和克莱门丝婶婶现在也不打算要走了吧。"

"他们打算要走吗？"我不禁来了兴趣。

"是的。他们本打算周二坐飞机出国去的。克莱门丝婶婶还买了一只轻便的旅行箱呢。"

"没听说他们要出国。"我说。

"是啊，"约瑟芬尼说，"没人知道，这是个秘密。他们在走之前不打算告诉任何人，只打算给爷爷留下张字条。"

接着她又添油加醋地说：

"他们不会把字条钉在针垫上，只有老式小说里妻子离开丈夫时才这么做。现在已经找不到那种针垫了，留字条的做法会显得很愚蠢。"

"他们自然不会那么做。约瑟芬尼，你知道罗杰叔叔为什么要选择离开吗？"

她狡猾地瞄了我一眼。

"我想我是知道的。他们的离开应该和罗杰叔叔在伦敦的公事有关。我觉得——但不是很确定——罗杰叔叔应该侵吞了什么东西。"

"你为什么这么想？"

约瑟芬尼靠过来，重重地朝我呼了口气。

"爷爷死的那天，他们反锁在一个房间里待了很长时间。他们一直在交谈。罗杰叔叔说自己很没用，说他让爷爷失望了——说这不是钱的问题——而是自己让爷爷失望了。当时他难受极了。"

我五味杂陈地看着约瑟芬尼。

"约瑟芬尼，"我说，"没人告诉过你不应该站在门口偷听吗？"

约瑟芬尼使劲儿点了点头。

"当然有人这么说过。可是想要查清楚事情，你就必须站在门口偷听。我觉得塔弗纳总督察也这么干过，你说是不是？"

我琢磨着她说的话，还没等我反应过来，约瑟芬尼又兴致高昂地说了下去：

"即便她没这么做过，穿山羊皮鞋的那家伙也会这么做。他们到处翻人书桌，读取人的信件，把所有的秘密都挖出来。只是他们太笨了。他们根本不知道要去什么地方找。"

约瑟芬尼的语气很冷静，言谈举止间优越感十足。我突然觉得自己让如此显而易见的线索从眼皮底下溜掉，真的很愚蠢。令人反感的小女孩还是不肯罢休：

"我和尤斯塔斯知道很多事情，不过我比尤斯塔斯知道得多。有些事我会瞒着他。他说女人不会成为大侦探。我告诉他我们能。我会把一切都写在笔记本上，当警察茫然不知所措时，我会上前告诉他们：'我可以告诉你们是谁干的。'"

"约瑟芬尼,你看过许多侦探小说吗?"

"的确看过很多。"

"我想你一定知道是谁杀了你爷爷,是吗?"

"我觉得是——只是还需要找到更多的线索。"她停顿了一下,然后突然问我,"塔弗纳总督察是不是觉得是布兰达干的?要不就是布兰达和劳伦斯一起干的,因为他认为他们俩彼此爱慕。"

"约瑟芬尼,你不能说这种话。"

"为什么不能?他们的确爱着彼此。"

"你不能妄加推测。"

"这不是妄加推测。他们还会交换情书呢。"

"约瑟芬尼,你是如何知道的?"

"因为我看过他们的情书。那些信里充满了感伤。这并不奇怪,因为劳伦斯本来就是个感伤的人。他非常胆小,不敢上战场打仗,只能溜到地下室去烧锅炉。轰炸机飞过这里的时候,他就会吓得脸发青——整个脸都青了。我和尤斯塔斯都被逗得哈哈大笑。"

我忘了接下来说了些什么了。因为此时恰好有辆汽车停在门外。约瑟芬尼倏地一下跑到窗边,把狮子鼻贴在窗框上。

"谁来了?"我问她。

"爷爷的律师盖茨基尔先生。他应该是为了遗嘱的事来的吧。"

她兴冲冲地跑出客厅,无疑是去继续自己的侦探活动了。

玛格达·利奥尼迪斯走进房间。令人惊讶的是,她竟然走到我面前,握住了我的双手。

"亲爱的,"她说,"幸好你还在这里,这时候特别需要个男人在。"

她放下我的双手,走到房间那头的高背椅边,调整了一下椅子的位置,然后在镜子里看了自己一眼。接着从桌子上拿起一只珐琅盒,不断地做着打开关闭的动作。

她的姿态的确非常优雅。

索菲娅把头伸进门,小声提醒道:"盖茨基尔来了!"

"知道了。"玛格达说。

过了一会儿,索菲娅陪着一位上了年纪的小老头儿走进房间。玛格达放下手里的珐琅盒,上前迎接他的到来。

"菲利浦太太,早上好。我原本还准备上楼去找你们呢。你们似乎对遗嘱有些误解。你丈夫写信给我,像是觉得遗嘱在我手里似的。不过从和利奥尼迪斯先生本人的交流来看,他应该是把遗嘱放在保险箱里了。我想你应该对这一切毫不知情吧。"

"你是说老家伙的遗嘱吗?"玛格达震惊地张大双眼,"不,当然不知道。你不会是想说楼上那个邪恶的女人把遗嘱毁了吧?"

"菲利浦太太,"盖茨基尔律师朝玛格达摇了摇手指,"别妄下断语。这只是你公公把遗嘱放在哪儿的问题。"

"他不是把遗嘱给你了吗?他确实给你了,签署完遗嘱之后他对我们这么说过。"

"据我所知,警方已经把利奥尼迪斯先生的私人文件全都整理了出来,"盖茨基尔先生说,"我要先去找塔弗纳总督察谈一谈。"

说完他便离开了客厅。

"亲爱的,"玛格达大嚷,"她把遗嘱毁了。我知道是她干的。"

"妈妈,别瞎说,她不会这么蠢的。"

"她才不蠢呢。没遗嘱的话她会继承一切的。"

"小声点儿,盖茨基尔回来了。"

律师返回了房间。塔弗纳总督察跟他在一起。他们后面还跟着菲利浦。

"我从利奥尼迪斯先生那里了解到，"盖茨基尔说，"他把他的遗嘱放在了银行的保险柜里。"

塔弗纳摇了摇头。

"我已经和银行联系过了。根据银行的说法，除了替利奥尼迪斯先生持有的一部分证券以外，他们没有利奥尼迪斯先生的任何文件。"

菲利浦说：

"我不知道罗杰或艾迪丝姨妈会不会知情……索菲娅，你去把他们叫过来。"

但招呼过来的罗杰也帮不上任何忙。

"荒唐——怀疑我们实在是太荒唐了，"他高声说，"爸爸签署完遗嘱以后明确说过第二天会送到盖茨基尔先生那儿去。"

"如果我没记错的话，"盖茨基尔先生靠在椅子上，半闭起眼睛，"去年十一月二十四日那天，我根据利奥尼迪斯先生的指示拟了份草稿。他认可了这份草稿，又还给了我，我根据这份草稿做了遗嘱正本，然后送给他签署。一周以后我提醒他还没把签署好的遗嘱给我，问他是不是有什么地方需要修改。他说他对遗嘱非常满意，而且补充说遗嘱一签完就送到银行去了。"

"说得没错，"罗杰急切地说，"的确是在去年十一月底的时候。菲利浦，你应该还记得吧。有天晚上爸爸把我们召集在一起，向我们宣读了他的遗嘱。"

塔弗纳转身看着菲利浦·利奥尼迪斯。

"利奥尼迪斯先生，有这么回事吧？"

"的确有这么回事。"菲利浦说。

"像是《沃茜的遗产》里的情节，"玛格达说，她愉悦地叹了口气,"我总觉得遗嘱是种富有戏剧性的东西。"

"索菲娅小姐,你还记得当时的情况吗?"

"是的,"索菲娅说,"记得很清楚。"

"遗嘱的内容是什么?"塔弗纳问。

盖茨基尔先生摆开架势正想回答,却被罗杰·利奥尼迪斯抢在了前面。

"遗嘱非常简单。伊莱克特拉和乔伊斯死后,她们的遗产份额返还到父亲那里。乔伊斯的儿子威廉战死在缅甸战场,威廉的那一份归属于他父亲。我和菲利浦以及菲利浦的孩子们是父亲仅存的亲属。爸爸在遗嘱里写明了这一点。他给艾迪丝姨妈留下了免税的五万美元。给布兰达留下免税的十万美元和这幢房子。如果布兰达愿意的话,也可以在伦敦的任何地方买幢房子给她。剩下的遗产被分为三等份,一份给我,一份给菲利浦,一份给索菲娅、尤斯塔斯和约瑟芬尼他们三个孩子。尤斯塔斯和约瑟芬尼成年以前,他们的遗产存放在信托基金里。盖茨基尔先生,我说得没错吧?"

"大体上这些就是我拟订的遗嘱条款。"由于没能亲口说出来,盖茨基尔显得有些悻悻然。

"爸爸向我们当面宣读了遗嘱的条款,"罗杰说,"问我们是否有什么异议。我们自然都不会有。"

"布兰达说了一席话。"德·哈维兰小姐插话道。

"是啊,"玛格达马上接过话头,"她说她不能容忍亲爱的阿里斯蒂德谈论死,还说'这让她感到毛骨悚然',并宣称自己根本不想要他的遗产。"

"这只是在故作姿态而已,"德·哈维兰小姐说,"她们那个阶层的人最喜欢这样了。"

通过这个无情和尖刻的评价，我了解到艾迪丝·德·哈维兰小姐是多么不喜欢布兰达。

"分配得非常合理。"盖茨基尔先生评论道。

"读完遗嘱以后又发生了什么？"塔弗纳总督察问。

"读完他就签了。"罗杰说。

塔弗纳凑过来。

"他是如何签的？又是什么时候签的？"

罗杰以求助的目光看向自己的妻子。克莱门丝在他的注视下开了口。家里的其他成员似乎也同意她这么做。

"你想知道当时的实际情形？"

"是的。罗杰太太，麻烦你说一下。"

"公公把遗嘱放在桌子上，然后让我们之中的一个——我想应该是罗杰——按铃招呼仆人过来。约翰逊应铃进来以后，公公又让他把客厅女仆珍妮特·沃尔默找来。人都到场以后，公公签署了遗嘱，并让两个仆人把名字签在了他的名字下面。"

"程序很正确，"盖茨基尔先生说，"遗嘱必须在两个见证人在场的情况下才能成立。立嘱人签完遗嘱以后，见证人也必须在遗嘱上签上自己的名字。"

"之后呢？"塔弗纳问。

"公公向两个仆人道了谢，他们便出去了。公公拿起遗嘱，把遗嘱放在长信封里，告诉我们第二天会把遗嘱寄给盖茨基尔先生。"

"你们都同意她的陈述吗？"塔弗纳总督察环顾着众人问。

所有人都小声表示同意。

"你们说遗嘱放在桌子上，当时你们离书桌都很近吗？"

"不是很近，最近的也有五六码。"

"读遗嘱的时候利奥尼迪斯先生是坐在书桌后面吗？"

"是的。"

"在宣读遗嘱和签署遗嘱的空当里，利奥尼迪斯先生有没有离开过这张书桌？"

"没有。"

"签署遗嘱的时候，仆人们看得见遗嘱的内容吗？"

"看不见，"克莱门丝说，"公公把一沓纸压在了遗嘱的上半部分。"

"非常妥帖，"菲利浦说，"反正遗嘱和仆人们也没什么关系。"

"我知道了，"塔弗纳说，"只是我不知道为什么会出现这种情况。"

说着，他敏捷地拿出一个长信封，凑过身子交在律师手里。

"看看，"他说，"告诉我这是什么。"

盖茨基尔先生从信封里拿出一份折叠好的文件。他震惊地看着这份文件，拿在手里颠过来倒过去地看看。

"这实在太令人惊讶了，"他说，"我完全弄不明白。能让我知道这是在哪儿发现的吗？"

"在保险箱里发现的，这份遗嘱和利奥尼迪斯先生的其他文件混放在一起。"

"到底是怎么回事？"罗杰问，"有什么好大惊小怪的？"

"罗杰，这就是我替你父亲准备的、要他签字的那份遗嘱——但是我不明白，这份遗嘱没有像你们所说的那样签上字！"

"什么？没有签字？可能这只是当初的那份草稿吧。"

"根本不是什么草稿，"律师说，"利奥尼迪斯先生把那份草稿返还给我了。之后我依照草稿写就了你们看到的这份遗嘱，"

他用手指点了点遗嘱，说，"然后交给他签名。根据你们的证词来看，他应该签署了遗嘱，还让两个见证人做了联署——然而这份遗嘱上什么都没有。"

"但这是不可能的。"菲利浦·利奥尼迪斯以我从来没听过的语气高声喊道。

塔弗纳问："你父亲视力好吗？"

"他有青光眼，因此阅读时需要用度数比较深的眼镜。"

"那天晚上他戴眼镜了吗？"

"当然戴了，签署完遗嘱以后他才摘下眼镜。我应该没记错。"

"的确如此。"克莱门丝附和道。

"你们确信签署文件前没有人接近过书桌吗？"

"这可说不准，"玛格达眯着眼说，"如果能把当时的情况再重现一遍就好了。"

"没有人接近过书桌，"索菲娅说，"爷爷一直坐在那里。"

"书桌一直在现在的位置上吗？以前从来没放在门、窗或幕帘旁边吗？"

"书桌一直在现在所在的位置。"

"我想知道调包是如何实现的，"塔弗纳说，"一定有人动了手脚。利奥尼迪斯肯定认为自己签署的是刚才高声朗读的那份遗嘱。"

"签名不会是被人擦掉了吧？"罗杰问。

"当然不是，利奥尼迪斯先生。遗嘱上没有擦拭的痕迹。还有一种可能性：这份不是盖茨基尔先生递送给利奥尼迪斯先生、当着你们的面签署的那份遗嘱。"

"恰恰相反，"盖茨基尔先生说，"我可以发誓这就是起初的那份遗嘱。看到左上角的那个斑点没有？像不像一架飞机？我当时就注意到了。"

利奥尼迪斯家的人面面相觑。

"真是不可思议,"盖茨基尔先生说,"我还从没遇见过这种情况。"

"简直无法想象,"罗杰说,"我们全都在这儿,却眼见着它发生了。"

德·哈维兰小姐干咳了几声。

"事情都出了,就不要说什么不可能,"她说,"我们想知道的是现在该怎么办。"

盖茨基尔马上恢复了谨小慎微的律师模样。

"现在的情况需要好好研究一下,"他说,"这份遗嘱毫无疑问推翻了以前所有的遗嘱和遗言。你们大家都目睹了利奥尼迪斯先生这份货真价实的遗嘱的签署过程。非常有趣。这个小小的法律问题确实有必要探讨一下。"

塔弗纳看了看表。

"恐怕耽误你们吃午饭了。"他说。

"总督察,介意留下来和我们共进午餐吗?"菲利浦问。

"谢谢你的好意,利奥尼迪斯先生,只是我还要去斯温利教区和格雷医生会面。"

菲利浦转身看着律师。

"盖茨基尔,和我们一起共进午餐好吗?"

"谢谢你,菲利浦。"

所有人都站了起来。我尽量不引起注意,侧身朝索菲娅走过去。

"我是该走该留?"我轻声问她。这句话像维多利亚时代一首歌的主题那样滑稽好笑。

"我想你还是走吧。"索菲娅说。

我跟着塔弗纳悄悄溜出客厅。约瑟芬尼正攀在通向后屋的门上荡来荡去,一副乐不可支的样子。

"警察真傻。"她评论道。

索菲娅走出客厅。

"约瑟芬尼,你在干什么?"

"帮女仆干活儿。"

"我想你一定是躲在门外偷听吧。"

约瑟芬尼朝索菲娅做了个鬼脸,然后便跑开了。

"那孩子真是个不小的麻烦。"索菲娅说。

第十一章

走进苏格兰场的局长助理办公室时,塔弗纳一脸没好气儿的样子,显然刚向我父亲大倒苦水。

"你也看到了吧,"他说,"该问的都问到了,可什么都没打听出来。他们谁都不缺钱用。太太和年轻家教之间也不过是端茶送水的时候传传情而已。"

"塔弗纳,别灰心丧气的,"我说,"我比你得到的线索可要强一些。"

"真的吗?查尔斯先生,说说你查到了些什么吧。"

我坐下来,点燃一支烟,靠在椅背上,让他们听我娓娓道来。

"罗杰·利奥尼迪斯本打算下周二逃到国外去。罗杰在老人死的那天和父亲大吵了一架。老利奥尼迪斯似乎发觉有什么事不对劲儿,罗杰承认是自己不对。"

塔弗纳涨红了脸。

"你是从哪儿听来的?"他问,"如果是从仆人们那里听说的话——"

"不是从仆人们嘴里听来的,"我告诉他,"是从私下里调查这个案子的人嘴里听来的。"

"你这是什么意思?"

"我必须得说,根据优秀犯罪小说的原则,他抑或是她——干脆就用那家伙来指代吧——要比警察高明得多。

"此外,我们的这位私人侦探还藏了几手。"我添油加醋地说。

塔弗纳张开嘴巴,不过马上又闭上了。他似乎有好多问题要问,一时间却又觉得无从说起。

"罗杰!"他说,"这么说是罗杰有问题吗?"

解释的时候我感觉有些矛盾。我喜欢罗杰·利奥尼迪斯。他诚实待人的态度和温馨可人的房间给我留下了非常好的印象。我不希望把矛头对准这样一个人。约瑟芬尼的证词也许完全不可靠,但我又并不这样认为。

"这么说是小家伙告诉你的?"塔弗纳问,"她似乎对家里发生的一切都了如指掌!"

"孩子们往往是这样的。"父亲冷冷地说。

如果约瑟芬尼反映的情况属实的话,那么整个局面就完全扭转了。如果罗杰真像约瑟芬尼所说的那样侵占了公司的资金,而后又被父亲发现的话,那让老头儿闭嘴,逃亡海外便势在必行了。或许罗杰的确应该受到法律的制裁。

我们一致同意立即对筵席承办公司的情况进行调查。

"真是这样的话,事情一定非同小可,"爸爸说,"这关系到百万英镑的生意。"

"如果真是和公司有关的话,那罗杰就跑不掉了,"塔弗纳说,"老头儿把罗杰叫去,罗杰撑不住招供了。布兰达·利奥尼迪斯当时在外面看电影。罗杰只需要走出父亲的房间,到浴室里倒空胰岛素瓶,在里面放上高浓度的伊色林就可以了。也可能是他妻子干的。回到家以后她马上赶到老头儿住的这一侧——说要取罗杰的烟管。罗杰已经离开了父亲那里。克莱门丝完全有可能在布兰达给老人注射胰岛素之前完成调包。她做事沉稳,绝对干得出这种事。"

我点点头。"是的。我比较倾向于是她干的。她行事冷静,什么都做得出来。我不太相信罗杰·利奥尼迪斯会想出毒杀的手段——用伊色林杀人比较女性化。"

"男人下毒的也不少。"爸爸冷冰冰地插了句话。

"先生,我很清楚这一点。"塔弗纳说,"再清楚不过了!"他显得有些意气用事。

"但我还是不认为他会投毒。"想了半天,塔弗纳又补充了一句。

"普里查德[①]不也是个彬彬有礼的绅士嘛。"父亲提醒他。

"别把小说和现实生活混淆在一起。"

"查尔斯,那个女人像不像麦克白夫人?"塔弗纳走后,父亲问我。

我的眼前浮现出简朴房间的窗口旁那个苗条的丽影。

"不怎么像,"我告诉他,"麦克白夫人是个贪得无厌的女人。克莱门丝·利奥尼迪斯没那么贪婪。我觉得她对财产并不是很看重。"

"但她应该会不顾一切地去维护丈夫的安危。"

"这倒是,为了丈夫的安危,她甚至可能会冷酷无情。"

"'以不同的表现形式反映出来的冷酷无情……'这是索菲娅的原话。"

我抬起头,发现父亲正注视着我。

[①] 约翰·狄克森·卡尔的侦探小说《绿胶囊之谜》中的下毒者。

"查尔斯，你在想什么？"

我没有接话。

第二天，我被招到了苏格兰场，发现爸爸和塔弗纳在一起。塔弗纳看上去颇为自得，心情比前一天好了许多。

"筵席承办公司情况不妙。"爸爸说。

"随时有可能垮台。"塔弗纳说。

"昨天晚上我发现他们的股票跌得很快，"我说，"不过今天似乎涨了一点儿。"

"我们必须相当小心，"塔弗纳说，"不能直接进行调查，否则会引起恐慌——更不能惊动了那位绅士。不过我们已经私下里找到了一些消息来源，掌握了些确切的情报。筵席承办公司无疑处在破产的边缘，已经资不抵债了。事实上公司的管理一直都很糟糕。"

"问题出在罗杰·利奥尼迪斯身上吗？"

"没错，如同你知道的那样，他握有绝对的权力。"

"他假公济私吗？"

"这倒没有，"塔弗纳说，"我们没发现他侵占资产的迹象。说得露骨一点儿，他可能是个凶手，却绝对不是个骗子。老实说他只是个傻瓜而已。他似乎一点儿判断力都没有——该收敛的时候往前冲，该大胆的时候却又裹足不前。他把权力给了那些最不应该得到权力的人。他很相信人，却信错了人。他在经营的所有关键之处都做出了错误的选择。"

"这样的人还真不少，"爸爸说，"他们不是傻，而是判断力不行，而且他们总是在不该热心的时候表现得过于热心。"

"那种人根本不应该做生意。"塔弗纳评论道。

"说得不错,"爸爸说,"不幸的是,他是阿里斯蒂德·利奥尼迪斯的儿子,必须接手父亲的生意。"

"老头儿把公司交给他的时候生意还好着呢。筵席承办公司应该是棵摇钱树才对。他肯定以为只要坐享其成就可以了。"

"任何时候都无法坐享其成,"爸爸严肃地说,"开公司总有许多决定要做。管理者需要辞掉一些人,再招聘一些人,还需要时刻调整经营方面的细枝末节。显然罗杰·利奥尼迪斯一直在做错误的选择。"

"是的,"塔弗纳说,"首先,他是个感恩的人,因为念旧就把很多老员工留了下来。其次,他还经常冒出一些不切实际的想法,并花费大量金钱去尝试。"

"但并没有发生犯罪行为,对吗?"爸爸追问着。

"是的,没有涉及任何犯罪行为。"

"那他为什么还要杀人呢?"

"他是个傻瓜,但绝不是恶棍,"塔弗纳说,"但结果是相同的——或者说基本相同。唯一能挽救筵席承办公司的办法,"说话时他看了眼手里的笔记本,"是在下周三前弄到一笔巨款。"

"按照父亲的遗嘱,他能,或者说他认为自己能继承到这样一笔巨款吗?"

"正是如此。"

"但他拿不到那么多的现金。"

"是的,但他可以用遗嘱去申请贷款。这完全是一回事。"

父亲沉思地点了点头。

"他何不去找老利奥尼迪斯请求帮忙呢?这样不是简单点儿吗?"他向塔弗纳督察长问道。

"罗杰一定求过了，"塔弗纳说，"小丫头偷听到的就是当时的情况。老头儿一定不想把钱投进无底洞，肯定会拒绝他的请求。这你应该也想得到吧。"

我觉得塔弗纳说得很对。阿里斯蒂德·利奥尼迪斯先前拒绝过玛格达投资戏剧的请求——他觉得那出戏不可能取得成功。事实证明，他的判断并没有错。他对家人的确很大方，但不会把钱投入不生钱的项目。筵席承办公司已经亏损了几万英镑甚至几十万英镑，他怎么可能再往公司里砸钱呢？要避免破产的命运，罗杰只有赶紧让他死掉。

没错，这的确是个解释得通的杀人动机。

爸爸看了看表。

"我把他叫过来了，"爸爸说，"他随时都可能会到。"

"你是说罗杰吗？"

"是的。"

"你这是在玩请他自投罗网的把戏吗？"我轻声问。

塔弗纳吃惊地看了我一眼。

"我们应当给他一些适当的警告才行。"爸爸严肃地说。

问询的准备工作已经就绪。爸爸还找了个速记员。门铃很快便响了起来，没几分钟，罗杰·利奥尼迪斯就进来了。

他行色匆匆——毛躁地踢翻了一把椅子。像上次一样，他的样子让我想起了一条善良的大狗。我马上下意识地觉得事情不可能是他干的。如果要他做这种事，他不是把瓶子打碎，就是把药液弄洒，绝对成不了事。我断定，尽管罗杰也有份，但下手的绝对是克莱门丝。

他一进门就不停地说了起来。

"你们要见我？有什么新发现了吗？嗨，查尔斯，没想到你也在这儿。我刚才没看到你。你来了我就放心了。但阿瑟爵士,希望你能告诉我——"

好人——真是个好人。但许多杀人犯也都是好人——他们瞠目结舌的朋友们事后都这么说。我露出笑脸对罗杰表示欢迎,感觉自己像个叛徒。

爸爸却摆出一副公事公办的样子。嘴里吐出许多法律用语。口供……笔录……非强制询问……律师……

罗杰·利奥尼迪斯还是那么不耐烦,根本没管爸爸在讲什么。

塔弗纳总督察脸上露出一丝讽刺的笑容,我立刻从他的笑容中知道了他在想什么。

"这些家伙总是这么自信。他们总觉得自己不会犯错误。真是聪明过头了。"

我避免引人注意,低调地缩在一个角落里,聆听着他们的对话。

"利奥尼迪斯先生,我找你来不是要告诉你什么信息,"爸爸说,"而是想从你这儿得到信息——某些你以前隐而不报的信息。"

罗杰·利奥尼迪斯露出迷惑不解的表情。

"隐而不报?可是我已经把我知道的全告诉了你们——完完整整地告诉了你们。"

"我想应该没有。你和死者在他死的那天下午进行过一次对话,是吗?"

"是的,没错。我和他一起喝了茶。这件事我告诉过你们。"

"你确实这样说过,却没把谈话的内容告诉我们。"

"我们——我们只是——简单地聊聊而已。"

"都聊什么了?"

"日常的琐事,这里的房子,还有索菲娅——"

"筵席承办公司呢?谈话中有没有涉及筵席承办公司的事情?"

直到此时,我还一直在希望这整件事都是约瑟芬尼杜撰出来的。然而我的希望很快就破灭了。

罗杰的脸色变了,从刚才的热切期盼一下子变成了现在的近乎绝望。

"哦,我的老天。"他跌坐在一把椅子里,双手捂住脸。

塔弗纳像只得意扬扬的猫一样笑了起来。

"利奥尼迪斯先生,你承认没有向我们老实交代吗?"

"你们怎么会知道的?我原本以为没人会知道呢——我实在不明白为什么会有人知道。"

"利奥尼迪斯先生,弄清楚这种事的方法多得是。"塔弗纳故作威严地停顿了一下,"我想这下你该明白不应该对我们有所隐瞒了吧。"

"是的,是的,当然没错。我会据实告诉你们。你们有什么想知道的吗?"

"筵席承办公司是不是已经在破产边缘了?"

"是的,公司马上要倒闭了。破产在所难免。如果爸爸死前不知道这件事就好了。我感到很羞愧,觉得没脸见人——"

"可能会遭到诉讼吗?"

罗杰猛地坐正了。

"不会,绝对不会。公司的确会破产,却是堂堂正正地破产。如果我把个人资产全投进去的话,每个债权人可以收回百分之二十的本金。尽管不至于吃官司,但我觉得自己很对不起父亲。

他相信我,把自己最大的企业转交给我。他从来没干涉过我的经营,从来不问我干了些什么。他信任我……我却让他失望了。"

爸爸淡淡地说:

"既然没牵扯到诉讼,那你和妻子为什么还要在没通知任何人的情况下计划着偷偷跑到国外去呢?"

"你们连这个也知道了吗?"

"是的,利奥尼迪斯先生。"

"你们还不明白吗?"他急切地倾身向前,"我无法面对这样的事实。看上去就好像我在问他要钱,就好像我央求他重新帮我站起来。他——他非常喜欢我。他肯定愿意帮忙。但我不能——不能继续这样下去了。再干下去只会使事情变得更加糟糕,我是个一无是处的人。我没有经营企业的能力,永远达不到父亲那种水平。我早就知道。我也尝试过。但完全没有用。我一直都很痛苦——天哪,你们知道我有多痛苦吗?我一直想摆脱泥潭,希望结清欠款,希望我家的老头子永远别听说这件事。但该来的还是来了,破产在所难免。克莱门丝——就是我妻子——她理解我,赞同我,和我一起制定了潜逃的方案,并且没对任何人说过这件事。我们准备一走了之,这样风暴来临时就影响不到我们了。我留了封信给父亲,在信中告诉了他发生的一切,告诉他我感到很惭愧,并乞求他的原谅。他一直对我很好——这种好是你们根本体会不到的!但这时候就算请他补救也来不及了。我不是想请他帮忙,甚至连这样的暗示都不想做,我只想另找个地方重新开始。简单而有尊严地在另一个地方开始新生活。种一些东西,咖啡或是水果。只要有生活必需品就行——克莱门丝想必会和我一起吃苦,但她说她不在乎。克莱门丝很好,她是个近乎完美的女人。"

"我明白了,"爸爸的声音仍然干巴巴的,"是什么使你改变了主意?"

"什么改变主意?"

"我是想知道你为何最终又决意让父亲帮忙了。"

罗杰死死地盯着父亲。

"我没让他帮忙!"

"别骗人了,利奥尼迪斯先生。"

"我才没骗人呢,是你们弄错了。不是我找的他,而是他找的我。他不知从伦敦还是哪里听来了流言。不过即便没有流言他也会知道。他对所有事情都了如指掌。有人告诉了他,他便来盘问我。我自然很快就顶不住了……我把一切都告诉了他。我对他说我不担心把亏钱的事告诉他,我担心的是辜负他信任的那种感觉。"

罗杰吃力地吞了口口水。

"你们根本不知道亲爱的爸爸对我多么好,"他说,"没有责备,只有体贴和关心。我告诉他我不想要他帮忙,我可以放弃公司——像计划的那样出走。但是他根本不听。他坚持要挽救公司,让筵席承办公司重新回到正确的轨道上。"

塔弗纳厉声问:

"你是想让我们相信你父亲执意要在经济上帮助你吗?"

"是的。他当时就给他的股票经纪人写了信,给他们下了明确的指令。"

也许是在两个警察的脸上发现了不相信的神色,罗杰一下子就脸红了。

"信我还留着,"他说,"原本是要寄出去的。不过被推迟了——你们应该能想到,在震惊和混乱中,我把这封信给忘了。

也许它现在就在我的口袋里。"

他从口袋里拿出皮夹,在皮夹里翻找起来。最后找到了自己想要找的东西。他从皮夹里拿出一个皱巴巴的信封,信封上还贴了张邮票。我凑近去看,发现信是写给格雷特勒克斯和汉伯里这两位先生的。

"不信你们就自己看。"他说。

爸爸撕开信。塔弗纳绕到他身后。我并没有第一时间看这封信,不过后来看了一遍。阿里斯蒂德在信中指示格雷特勒克斯和汉伯里将一些股票套现,并在第二天派个人来听取有关筵席承办公司的指示。尽管信中有些地方我看不太懂,但意思再明确不过了,阿里斯蒂德·利奥尼迪斯决意要让筵席承办公司重新走上正轨。

塔弗纳说:

"利奥尼迪斯先生,这封信我们要拿走,我可以给你打张收条。"

罗杰拿了收条,然后起身说:

"没有别的了?现在你们应该弄明白了吧?"

塔弗纳说:

"利奥尼迪斯先生给了你这封信之后,你就和他分别了吗?在那之后你又干了什么?"

"我就跑到房子里自己住的地方去了。那时我妻子刚从外面回来。我把爸爸的建议告诉了他。爸爸真是太贴心了!我非常兴奋,完全不知道自己接下来做了些什么。"

"接着你父亲就病痛发作了——距离和你分别的时候大概有多久?"

"让我想想——半小时或者一小时。布兰达突然冲过来。她完全吓坏了，说爸爸看上去很奇怪。我——我和她一起冲了过去。不过这段内容先前我已经跟你们说过了。"

"你以前进入过和你爸爸卧室相连的那间浴室吗？"

"应该没有。是的——我确定我没去过那间浴室。为什么这样问，你们不是会以为——"

爸爸迅速平息了罗杰突如其来的愤怒。他站起身，和罗杰握了握手。

"谢谢你，利奥尼迪斯先生，"他说，"你的证言对我们帮助很大，不过早点儿说就好了。"

罗杰走出门，把门关上。我站起身，看着放在桌子上的那封信。

"可能是伪造的。"塔弗纳满怀希望地说。

"的确有这个可能，"爸爸说，"但我不这么认为。我觉得我们应该接受他的说法。老利奥尼迪斯准备帮儿子摆脱麻烦。由他亲自解决显然比死后让罗杰解决要强——在目前找不到遗嘱的情况下，罗杰的实际继承数额也成了悬案。这意味着资金的投入会有所拖延——罗杰也会因此而遇到麻烦。从目前的形势来看，公司倒闭是在所难免了。塔弗纳，罗杰·利奥尼迪斯和他妻子绝没有除掉老人的动机。正相反——"

他突然停下来，然后若有所思地重复道："正相反……"

"先生，你想到了什么？"塔弗纳问。

爸爸缓缓地说：

"如果阿里斯蒂德·利奥尼迪斯再活二十四小时的话，那罗杰的嫌疑就大了。但他没能再活上二十四小时。两人谈过话后，阿里斯蒂德没活一个小时就戏剧性地死了。"

"嗯，"塔弗纳沉吟着，"你觉得家里有人乐于见到罗杰破产吗？有人可能因此在经济上得利吗？似乎不太可能吧。"

"目前生效的遗嘱是什么样的？"爸爸问，"谁能从中得到更大的好处呢？"

塔弗纳夸张地长嘘了一口气。

"你知道律师的作风。他们从来都不肯跟人说实话。先前的确有一份遗嘱。那是在他再婚时制定的。那份遗嘱中利奥尼迪斯太太分得的遗产和这份基本相当，德·哈维兰小姐继承的比现在少得多，剩下的由菲利浦和罗杰均分。如果新的遗嘱没有签署，旧的遗嘱将继续生效，但事情没有这么简单。首先，新遗嘱的签署意味着对旧遗嘱的否定。而且有许多人见证了遗嘱的签署过程，这就是所谓'立约人的意愿'。如果事情最终演变成阿里斯蒂德没有立遗嘱就死了的话，他的遗孀无疑会得到大部分的遗产——至少将享有终身财产所有权。"

"看来遗嘱丢失的最大受益人是布兰达·利奥尼迪斯了。"

"是的。如果这里面存在猫腻，那始作俑者应该就是她了。显然这之中有猫腻，但我实在看不出她是如何做到的。"

事实上我也看不出。我觉得我们真是太蠢了。事后看来，这也情有可原，毕竟我们看问题的角度完全错了。

第十二章

塔弗纳离开以后，屋子里安静了一会儿。

随后我向爸爸发问道：

"爸爸，杀人犯是什么样子的？"

他若有所思地看着我。我们俩彼此非常了解。所以我一提出这个问题，他就知道我在想什么了。他非常认真地解答了我的疑惑。

"是的，"他说，"这一点很重要——眼下尤其重要。对你来说——杀人者正在逼近。你不能再以局外人的身份自居了。"

我一直以局外人的身份饶有兴趣地探究刑警队处理的案件，但正如父亲说的那样，那时我像一个橱窗外的旁观者一样好奇地地向内窥探，不必有什么负担。但现在完全不一样，在这一点上索菲娅比我参透得更早，谋杀案已经在我的生命中占据主导性的地位了。

父亲接着又说：

"我不知道你是不是问对了人，不过我可以为你找几个为我们工作又比较乐于合作的精神病学者。他们可以简明扼要地给出你所需要的答案。同时塔弗纳也能给你一些内幕消息。只是在我看来，你是想听一听根据我和罪犯打交道的经验所得出的结论，是不是？"

"没错，我就是这么想的。"我感激地说。

父亲用手指在桌面上画了个小圈。

"要说杀人犯是什么样子的，我会说，他们中有一些——"说到这儿时，爸爸脸上露出阴郁的笑容，"他们中有些人一直是以大好人的形象示人的。"

我知道我的表情一定有些讶异。

"的确有很多杀人犯根本不像坏人，"他说，"和你我这样的寻常人，以及刚刚出门的罗杰·利奥尼迪斯没什么不同。杀人是一种很业余的罪行。当然我说的是你脑子里的那种谋杀——而不是那种团伙式的杀人。好人常常会对杀人的想法着魔。他们身陷困境，或者很想要女人或金钱这类东西——于是便利用杀人来达到目的。大多数人事到临头都能悬崖勒马，他们却不能。孩子们经常会毫不犹豫地将想法化为行动。比如说，孩子会对自家的猫发怒，对它说：'我要杀了你。'之后便用锤子猛砸它的脑袋——意识到深爱的猫再也活不过来的时候才悲痛欲绝！很多孩子想把婴儿从婴儿车里抱出来，'把他淹死'，因为婴儿分散了父母应当倾注在他们身上的关注——或者说剥夺了他们的欢乐。但他们马上知道这样做是不对的，应该受到惩罚。许多成年人像孩子一样道德上没有发育完全。尽管他们意识到杀人是不对的，但一直没有犯罪的感觉。从我的经验来看，所有的杀人凶手都没有真正感到悔恨……这也许就是该隐的标志吧。杀人凶手是与众不同的，他们之所以与常人不同是因为他们知道杀人是错误的，却没有感受到罪恶感——对他们来说杀人是'必须'的——被杀者'活该倒霉'，杀人是'唯一行之有效'的办法。"

"你是不是认为，"我问，"如果有人对老利奥尼迪斯怀恨于心，或者说怀恨了相当长一段时间，也可以作为杀人的理由？"

"单纯的仇恨吗？我会说几乎不可能，"爸爸用好奇的目光看着我，"说到恨的时候，你应该指的是由不喜欢转化成的那种感觉。由嫉妒产生的恨意与其他的仇恨有所区别——由嫉妒产生的恨意来自于投入的感情和巨大的挫折感。所有人都知道康斯坦斯·肯特很喜欢被她杀害的弟弟[①]。人们推测她之所以会杀人是因为想得到父母倾注到弟弟身上的爱。在我看来，被害者大多是凶手所爱的人，而非他们仇恨的人。这也许是因为，深爱的人更能让你觉得生命难以承受。"

"这个结论不会对你有太大的帮助，对吗？"他继续说，"如果我没猜错的话，你想要的是某种特征，某种能帮助你从其乐融融的这一家人中找出凶手的普遍性特征，是吗？"

"没错，正是如此。"

"真有这种普遍性的特征吗？我深感怀疑，"他似乎有了个想法，停顿了一会儿才继续说，"真要有的话，那也只能是自负。"

"自负吗？"

"是的。我还从没遇见过不怎么自负的杀人犯呢……他们的自我毁灭十之八九是由自负、虚荣的心理造成的。他们害怕被抓到，但他们又忍不住要到处吹牛，深信凭自己的聪明才智是根本不会被抓住的。"接着他又补充了一点，"杀人犯还有另外一个特征：他们通常都很爱说话。"

"和人交流吗？"

"是的。你知道，谋杀会使人陷入孤立无援的境地。你想找个人倾诉，却做不到。这样一来倾诉的愿望就会变得越来越强

[①] 十九世纪发生在英国的一个著名案子。英国南部威尔特郡一户上流人家的三岁小儿肯特于半夜失踪，在报案之后，警方在乡村别墅外面的厕所里发现了小孩的尸首。五年后，肯特的姐姐自首认罪。

烈。即使不能找人谈杀人的经过，至少可以提及案件本身——与人讨论，提出自己对案件的看法——绕在案子上一直不肯出来。

"查尔斯，如果我是你，我会沿着这条线索去查。我会再到那儿去一次，混入他们中间，让他们开口说话。自然，这样做不一定能马上成功。无论有罪还是无辜，他们都乐意和你这个陌生人交谈，因为有许多话题是在他们之间无法触及的。不过我觉得你可能在这其中找到差别。一个有事要瞒的家伙根本经不住长谈。战时情报部门的人就很清楚这一点。一旦被俘虏，你只能说出你的姓名、军阶和编号，其他什么都不能说。提供虚假信息的人总会说出些真相来。查尔斯，找那家人去谈吧，特别要留意那些无意说漏嘴的话和无意中的自我暴露。"

随后我告诉他，索菲娅认为这家人都冷酷无情——每个人的冷酷无情又各有不同。他对这点非常感兴趣。

"你的女朋友很有想法，"他说，"如同盔甲上大都有缝一样，每个家庭总会有这样那样的缺点。大多数人都能应付一个弱点——如果有两处弱点的话，他们就应付不来了。遗传这东西的确很有意思。德·哈维兰家族比较冷淡，但他们并不狂妄；利奥尼迪斯家族比较狂妄，但他们待人很有一套——但如果有人继承了这两种特质呢——知道我的意思了吧？"

我还没从这方面考虑过。爸爸接着又说：

"我不该用遗传方面的事情来搅扰你。这方面的问题未免太过微妙了一些。孩子，别钻进去太深，过去找他们谈谈就行。索菲娅有一点说得相当对。除了事实真相以外，别的都对你们没好处。必须得查明事实真相才行。"

出门时他在我身后补充了一句：

"对那孩子注意一点儿。"

"你是说约瑟芬尼吗？你是说不让她知道我要干什么吗？"

"不是，我没那个意思。我是让你把她看管好，我们不希望她遇到任何不幸。"

我紧盯着他，想知道他是什么意思。

"查尔斯，别跟我较劲。我只是想让你知道那个家里有冷血杀手，而约瑟芬尼恰恰知道那个家里发生的大多数事情。"

"她知道罗杰的事，因此才会把他说成是个恶棍。她偷听到的东西似乎都没有错。"

"是的，没错，孩子提供的证据一般都很可信。每次办案时我都会依赖这种证据。不过在法庭上向孩子们提问是毫无用处的。孩子们受不了法庭直截了当的提问方式。他们或支吾不言，或者说他们不知道。可他们想显摆的时候就什么都说了。那个孩子就是想向你炫耀。可以用同样的方法从她身上搜集到更多情报。别直接问她问题，假装觉得她什么都不知道，这样她就会上钩了。"

最后他又补充道：

"但要照顾好她。对于某些人的安危来说，她知道得略微多了点儿。"

第十三章

我带着有点儿惭愧的心情回到了怪屋（我已经暗自这样叫它了）。尽管我把约瑟芬尼对罗杰的怀疑在塔弗纳总督察面前重复了一遍，对布兰达和劳伦斯·布朗互通情书的事却只字未提。

我的借口是这只是流言蜚语，根本不足以让人相信。但事实上我只是不愿意再添加不利于布兰达·利奥尼迪斯的证据而已。我同情她在这个家庭中的地位和凄凉处境——家里的人都满怀敌意地仇视她。如果这种情书确实存在的话，塔弗纳和他的手下一定找得到，我不想由我来落井下石。另外她向我保证过，她和劳伦斯之间绝对没有这样的事。与恶毒的小矮人约瑟芬尼相比，我更倾向于相信布兰达。布兰达不是说过约瑟芬尼那小家伙"不太正常"吗？

我极力不去想约瑟芬尼给我带来的不安。约瑟芬尼目光里的那股机灵劲儿不觉又浮现在我的脑海中。

我打了个电话给索菲娅，问她我能不能再去一次。

"查尔斯，你就来吧。"

"调查进行得怎么样了？"

"我不知道，似乎是没太大动静。他们还在搜查房子。他们在找什么？"

"我不知道。"

"我们现在都很紧张。查尔斯,你快过来。如果没人陪我说话的话,我会发疯的。"

我告诉她我马上就过去。

我坐的车开到房子正门的时候,周围一个人也没有。我付了车钱以后,出租车开走了。房子的正门开着,我不知道是要按铃还是直接进去。

正犹豫着,身后传来一阵轻微的响声。我猛一回头,发现约瑟芬尼站在紫杉树篱的开口处看着我,她的脸被一只非常大的苹果遮掩了大半。

看见被人发现,她转身就跑开了。

"你好,约瑟芬尼。"

她没有回答,直接在树篱后面消失了。我跨过车道跟了过去,在金鱼池旁那张极不舒适的长凳上找到她,她正摇晃着双腿在啃苹果。苹果上的那双眼睛正阴沉地看着我,使我感受到深深的敌意。

"约瑟芬尼,我又来了。"我对她说。

这是一个软弱无力的开场白。约瑟芬尼虽然眼不眨口不开,却似乎被我动摇了。

她很懂得策略,一直闷声不响。

"苹果好吃吗?"我问。

约瑟芬尼总算屈尊开口了,冒出来的却只有几个字。

"软了些。"

"我不喜欢这种软绵绵的苹果。"我告诉她。

约瑟芬尼不屑一顾地说:

"没人喜欢软苹果。"

"跟你打招呼的时候你为什么不理我呢?"

"那时候我不想理你。"

"为什么？"

约瑟芬尼把苹果从嘴边移开，想使自己的责难更为清晰有力。

"因为你到警察那儿告密去了。"她说。

"哦！"我吃惊不小，"你——你是说——"

"我是说罗杰叔叔的事情。"

"可是那没什么，约瑟芬尼，"我尽量让她宽心，"那真的没什么。他们知道他没干坏事——我是说，他没有盗用公司的钱财或别的什么东西。"

约瑟芬尼生气地看了我一眼。

"你真是个大傻瓜。"

"真抱歉。"

"我倒不担心罗杰叔叔。只不过侦探不是这么干的。你难道不明白，不到最后关头一切都要瞒着警察吗？"

"哦，我明白了，"我如梦方醒地说，"约瑟芬尼，我感到很抱歉，真的很抱歉。"

说了第三次抱歉以后，约瑟芬尼似乎才有点儿释然。这时她又连续咬了几口苹果。

"但警方必定会查出这一切的，"我说，"你和我——我们瞒不住的。"

"你是说他快要破产了吗？"

约瑟芬尼和平时一样消息灵通。

"我想大概逃不掉了。"

"他们今天晚上就要谈这件事，"约瑟芬尼说，"爸爸、妈妈、罗杰叔叔和艾迪丝姨婆都会参加。艾迪丝姨婆会把她继承到的遗产都给罗杰叔叔——只不过她那份还没到手。我想爸爸绝对不会给他。爸爸说罗杰叔叔如果真的有了麻烦，那也只能怪他自己，不能把钱都投入到那个无底洞里。妈妈更不会让爸爸投钱给他了。因为妈妈想把钱花在艾迪丝·汤普逊的新戏上。你知道艾迪丝·汤普逊吗？她已经结婚了，但她不喜欢她丈夫。她爱上了一个叫艾沃斯的船员，这个艾沃斯在戏散场以后从另一条街上拐过来，往他背上捅了一刀。"

我又一次对约瑟芬尼掌握情报的详细性和完整性感到吃惊。她那戏剧化的描述也让人稍感惊奇。只是被滥用的人称代词弄得有些混淆。

"听起来很不错，"约瑟芬尼说，"只是我觉得根本不会是那么回事。最后肯定又变成上次的那出'耶洗别'了。"说着她长叹了一口气，"如果能知道狗为什么不吃她的手掌就好了。"

"约瑟芬尼，"我说，"你告诉过我你几乎能肯定凶手是谁，对吗？"

"那又怎么了？"

"凶手是谁？"

她不屑地看了我一眼。

"我明白了，"我说，"因为没到最后关头所以你才不说是吗？即便我发誓不告诉塔弗纳总督察，你也不肯告诉我吗？"

"只要再有几条线索就好了。"约瑟芬尼说。

"总之我是不会告诉你的，"说着她把苹果核扔进了金鱼池，"如果要给你安排个角色的话，你也只是华生而已。"

我默默地忍受了这种侮辱。

"好吧，"我说，"就算我是华生好了。但即便是华生需要一些情报啊。"

"什么情报?"

"就是事实。华生不是经常根据所掌握的情报推断出一些错误的结论吗?看到我得出错误的结论你不是应该觉得很好玩吗?"

一时间约瑟芬尼被说动了,但她又很快摇了摇头。

"不能告诉你,"她说,接着又补充道,"事实上我不是很热衷于歇洛克·福尔摩斯。他坐的是马车,那个早就过时了。"

"那些信怎么样了?"

"什么信?"

"劳伦斯·布朗和布兰达互通的那些情书。"

"那是编出来的谎话。"约瑟芬尼说。

"我不信。"

"的确是我编的。这样做很好玩。"

我瞪着她。她马上回瞪了我一眼。

"约瑟芬尼,我认识大英博物馆的一个人,那家伙知道很多有关《圣经》的知识。如果从他那里知道狗为什么不吃耶洗别的手,你会把信的事告诉我吗?"

这回约瑟芬尼真的犹豫了起来。

不远处传来树枝折断的断裂声。约瑟芬尼断然说:

"不,我不会告诉你的。"

我接受了失败。天有点儿晚了,我突然想起了父亲的忠告。

"只是在跟你做游戏而已,"我说,"事实上你根本什么都不知道。"

约瑟芬尼眨了眨眼睛,但并没有咬钩。

我站起身。"我要进去找索菲娅了。"我说。

"我要留在这儿。"约瑟芬尼说。

"不行,你得跟我一起进去。"我告诉她。

我粗鲁地把她从椅子上拽了起来。她有些惊讶,准备提出抗议,不过很快就顺从了。无疑,她是想见证一下家里人看到我之后的反应。

我不知道当时为什么急着要她陪我进去。进门以后我才回味过来。

是因为先前树枝发出的断裂声。

第十四章

客厅里传出一阵轻微的谈话声。我犹豫了一阵，没有进门。沿着过道往前走，一阵莫名的冲动使我推开了过道前一扇呢子衬面的门。门内又是一条阴暗的通道，但走了没多久，我眼前豁然一亮，一间光线明亮的厨房出现在面前。门口站着一个老妇人——一个非常肥胖的老年妇女。她身材结实，腰上缠着一个干净的白围兜。一看到她，我马上松了口气。干事利落的保姆总会给你这种舒心的感觉。我已经三十五岁了，在她面前却像一个四岁的小男孩。

这位保姆从来没见过我，但她看到我立刻就说：

"是查尔斯先生吧？快到厨房来，我给你冲杯茶。"

这是一间宽敞的、令人感到心情愉悦的厨房。我刚在中间的桌子旁坐下来，保姆就给我端来了一杯茶和放在盘子上的两块饼干。我觉得更像是在幼儿园了。已经没事了——阴暗的通道和未知的谜底所带来的恐惧突然间烟消云散。

"索菲娅小姐知道你来一定会很高兴的，"老保姆说，"她有点儿太过激动，"接着又不以为然地补充了一句，"她们全都太激动了。"

我回头看了一眼。

"约瑟芬尼哪儿去了？她是和我一起进来的啊！"

保姆不满地舔了舔舌头。

"一定是在门后面偷听,然后起劲儿地记在她那个小本子上,"保姆说,"她应该去学校上学,找同龄的朋友一起玩才对。我跟艾迪丝小姐这样说过,艾迪丝小姐表示同意,主人却非要把她留在家里。"

"他一定非常宠爱约瑟芬尼。"我说。

"的确如此。他宠爱过他们每一个人。"

我略微有些吃惊,不知道保姆为什么用过去时态谈起菲利浦先生。保姆看到我的表情,稍稍脸红了一阵。她对我说:

"我指的主人是老利奥尼迪斯。"

我正准备开口,门突然开了,索菲娅从门外走了进来。

"查尔斯,你终于来了,"她说,然后转向老用人,"真开心他能这么快赶到。"

"亲爱的,我知道你一定很高兴。"

保姆收拾起锅碗瓢盆,带到餐具室,并随手关上了门。

我从桌子旁边站起,走到索菲娅身边,用双臂把她紧抱在怀中。

"亲爱的,"我说,"你在发抖,这是怎么了?"

索菲娅说:

"我吓坏了。查尔斯,我吓坏了。"

"我爱你,"我说,"如果我能把你带走的话——"

她抽开身子,对我摇了摇头。

"不,那是不可能的。必须弄个水落石出才行。查尔斯,我不喜欢这样。我不喜欢——不喜欢成天跟一个冷酷无情、精于算计的下毒者讲话的感觉。"

我不知道该说什么才好。对于索菲娅这样的人来说,用毫无意义的空话是无法搪塞过去的。

她说:"一旦知道——"

"那一定非常痛苦。"我赞同道。

"你知道真正让我害怕的是什么吗?"她轻声问,"我怕我们也许永远弄不清楚……"

我很清楚那会是何等的可怕……在我看来,永远不知道谁杀害了老利奥尼迪斯的可能性确实非常大。

这令我想到了一个我很感兴趣的问题,这个问题我早就想问索菲娅了。

"索菲娅,请你告诉我,"我问她,"屋子里有多少人知道伊色林眼药水的事?我是说,有多少人知道你爷爷有眼药水,知道它可以成为致命的毒药呢?"

"查尔斯,我知道你在想什么。只是这么做行不通。你应该知道,我们都很清楚这一点。"

"我想大家都多多少少知道一点儿,不过我指的是对这方面特别精通——"

"我们都很清楚眼药水有毒。一天午饭后我们围坐在一起喝咖啡。想必你也知道了,他喜欢把家人聚在一起。他的眼睛一天比一天坏,布兰达每天都要帮他点眼药水。喜欢问各种各样奇怪问题的约瑟芬尼突然问他:'药瓶上为什么写着不能口服呢?'爷爷对她笑了笑说:'如果布兰达出了差错,把眼药水当作胰岛素给我注射的话——我就会长喘一口气,然后脸色发青而死,因为你们都知道,我的心脏不怎么好。'约瑟芬尼听了大惊小怪地'哦'了一声。接着爷爷又说:'所以千万不能把伊色林和胰岛素弄混了,你们说是不是?'"索菲娅停顿了一下,接着对我说,"我们都听到了。你明白不明白?我们都知道把两者调包可以害死他。"

一下子全明白了。我原本以为凶手需要一定的知识才行。没想到是老利奥尼迪斯本人把杀人的方法透露给了大伙儿。凶手不必制订计划，不必草拟方案，只要照着受害者本人提供的方法去做就行了。

我深深地吸了口气。索菲娅似乎看出了我的想法，她问我："的确非常可怕，是不是？"

"索菲娅，"我缓缓说道，"有一点是确定无疑的。"

"哪一点？"

"你说得对，杀人凶手不可能是布兰达。她不可能这么干——在你们都亲耳听到这种方法以后还这么干。"

"这我可不能确定。想必你也知道了，她在一些方面表现得有些傻。"

"再傻也不会这么干，"我说，"反正不会是布兰达。"

索菲娅退了几步。

"你不希望凶手是布兰达，对不对？"她问。

我又能怎么说呢？我总不能断然对她说："是布兰达干的才好。"

为什么不能这样说呢？是因为布兰达孤立无援地站在一边，强大的利奥尼迪斯家族气势汹汹地站在她的对立面吗？是单纯的骑士精神吗？是对弱者的同情，或是对无力反抗者的同情吗？我的脑海中浮现出她穿着昂贵的丧服坐在沙发上的样子，她的声音是那么无助，眼神里满是恐惧。

保姆适时地从餐具室里走了出来，兴许是感觉到我和索菲娅之间紧张的气氛才会再次出现吧。

她不以为然地对我们说：

"别再说杀人这档子事了。依我看,应该马上把这事给忘了,把它交给警察处理。这是他们的差事,和你们有什么干系。"

"你难道没意识到家里有个杀人凶手吗——"

"索菲娅小姐,别胡说八道,我快对你没耐心了。家里的门不是一直都开着吗?所有的门都开着没锁,这不是扯着嗓子让贼到家里来吗?"

"不可能是外面来的贼。家里什么东西都没丢。再说了,贼为什么要进来毒死一个人?"

"索菲娅小姐,我没有说下毒的是外面来的贼,我只是说家里的门全都开着。任何人都能自由地从前门进来。要我说可能是那帮无神论者干的。"

说完保姆满意地点了点头。

"他们为什么要害死可怜的爷爷呢?"

"人们都说他们凡事都要插一脚。如果不是他们干的话,记住我的话,那一定是天主教徒干的,他们全都是些作奸犯科的家伙。"

下了最后的断言之后,保姆又回到她的餐具室去了。

我和索菲娅相觑一笑。

"真是个顽固的基督徒。"我说。

"可不是吗?来,查尔斯,跟我一起到客厅去吧。那里正在进行家庭会议。本来要晚上才开的,但现在已经开始了。"

"索菲娅,我最好别在里面掺和。"

"如果你想融入这个家庭的话,最好知道这个家揭开面纱以后的真相。"

"这场家庭会议是关于什么的?"

"罗杰的那些烂事。你似乎已经卷进去了。不过你简直是疯了，竟然会认为罗杰杀了爷爷。这完全不可能，罗杰对他崇拜得五体投地！"

"我不认为是罗杰干的，我觉得克莱门丝也许会这么干。"

"这是因为我给你灌输了这种念头。但你又错了。即便罗杰失去了所有的钱财，克莱门丝也丝毫不会在意。她似乎对无产者的境界非常着迷。好了，我们进去吧。"

我和索菲娅走进客厅以后，客厅里的谈话声戛然而止。所有人都把目光投在我们身上。

利奥尼蒂斯家的人都聚集在一起。菲利浦坐在两扇窗户之间的深红色缎面扶手椅上，清秀的面庞表情冷漠，看上去像是个正准备读出宣判词的法官。罗杰跨坐在壁炉边的一个大蒲团上。他用手指搓着头发，把头发搓得全都竖了起来。他的左侧裤腿皱巴巴的，领带也歪了，脸色发红，似乎刚跟人吵过一架。克莱门丝坐在他旁边的椅子上，苗条的身材像被椅子上堆满的东西吞噬了一样。她刻意避开其他人的目光，像是正在研究着墙面。艾迪丝在一家之主的椅子上坐得笔直。她正在专心致志地织毛线，嘴唇抿得紧紧的。屋子里最漂亮的人物就要数玛格达和尤斯塔斯了，他们活像是盖恩斯伯勒笔下的人物一般。他们一同坐在沙发上——肤色浅黑的男孩子面色阴沉，旁边坐着的玛格达一只胳膊搭在沙发背上，穿着缎面拖鞋的小脚伸在前面，身上穿着件塔夫绸的睡袍，颇有女主人的气度。

一看到我，菲利浦便皱起了眉头。

"索菲娅，"他说，"我们正在讨论家务事，外人不宜加入。"

德·哈维兰小姐手上的棒针不合时宜地响了一声。我准备道歉离开，却被索菲娅拦下了。她干脆地对父亲说：

"我和查尔斯准备要结婚，我希望查尔斯待在这儿。"

"何不让他待在这儿呢?"罗杰从蒲团上精力充沛地跳起来,"菲利浦,我一直都这么说,这事没什么要遮着掩着的!明天,最多后天,外面人全都会知道。亲爱的孩子,"说着他走到我面前,友好地把手搭在我的肩膀上,"既然今天上午你已经在这里了,那我们也就没什么可瞒的了,留下来一起聊吧。"

"苏格兰场是什么样的?"玛格达兴致勃勃地凑过来,"人们总是对那儿很感兴趣。那里用的是普通的桌子还是办公桌?椅子很多吗?用的是什么样的窗帘?我想应该没有花,是吧?口授式的录音机一定会有吧?"她连珠炮似的发问。

"妈妈,你够了没有?"索菲娅怒了,"你不是说苏格兰场的那幕戏同气氛不合,已经让瓦瓦索尔·琼斯给砍了吗?"

"那幕场景使整出戏太像推理剧了,"玛格达说,"艾迪丝·汤普森的戏应该是心理剧,或者说是心理悬疑剧——你们觉得怎么称呼比较合适?"

"今天早晨你就在这儿了吗?"菲利浦厉声问,"为什么会这样?哦,我知道了,是因为你父亲的缘故——"

他皱起眉。我更清楚地意识到自己是不受欢迎的,但索菲娅却把手牢牢地按在我的肩头。

克莱门丝挪了把椅子过来。

"坐下吧。"她说。

我感激地看了她一眼,接过椅子坐下了。

"随你们怎么说,"德·哈维兰小姐显然是在继续刚才的话题,"只是我觉得我们应该尊重阿里斯蒂德的遗嘱。就我而言,等事情弄清楚以后,我很愿意把我的那部分遗产交由罗杰处理。"

罗杰狂乱地扯着自己的头发。

"使不得。艾迪丝姨妈,万万使不得啊!"他大嚷着。

"真希望我也能这么做，"菲利浦说，"可是每个人都有自己的事情要考虑——"

"菲利浦，你还不明白吗？我不打算从别人那里拿一分钱。"

"他才不会要你们的钱呢！"克莱门丝厉声说。

"艾迪丝，"玛格达说，"遗嘱的事情弄清楚以后，他肯定会拿到属于自己的那一份的。"

"但那时候公司也许早就破产了，难道不是吗？"尤斯塔斯问。

"尤斯塔斯，别插嘴，你根本什么都不懂。"菲利浦说。

"那孩子说得没错，"罗杰大嚷，"他说的非常在理。破产已经在所难免，势不可当了。"

他说得轻飘飘的，似乎话中有话。

"没什么可谈的了，破产就破产吧。"克莱门丝说。

"说到底，"罗杰说，"破产又怎么样呢？"

"我觉得这问题大了。"菲利浦闭紧嘴唇说。

"什么事能和父亲的死相比？"罗杰愤怒了，"爸爸死了，而我们却在这里谈钱！"

菲利浦苍白的皮肤稍稍有些涨红。

"我们只是想帮你而已。"他冷冷地说。

"菲利浦，我知道，我知道你们都是为我好。但现在已经无能为力了。我们到此为止好不好？"

"我想我可以拿出一点儿钱来，"菲利浦说，"只是最近股票跌得很厉害，其他一些资金也不能动——玛格达名下的财产和——所以说——"

玛格达马上接话了。

"拿什么钱啊？试图让公司起死回生真是太荒唐了。况且，这样做对孩子们也太不公平了。"

"我已经告诉你们了,我不想要你们的任何东西!"罗杰大嚷着,"我说得嗓子都快哑了,我不想要你们的任何东西。任其发展好了。"

"这是个事关名誉的问题,"菲利浦说,"与我们和爸爸的名誉密切相关。"

"这不是家里的问题,这纯粹是我个人的问题。"

"是的,"菲利浦看着他不客气地说,"这纯粹是你的问题。"

艾迪丝·德·哈维兰小姐起身说:"我想我们已经讨论得够多了。"

她的话里包含着一种永远不会失去效果的权威意味。

菲利浦和玛格达站起身。尤斯塔斯蹒跚地走出客厅,步态稍微显得有几分僵硬。他不是瘸子,走路却走走停停。

罗杰挽起菲利浦的手说:

"菲利浦,够兄弟!没想到你这么帮我!"哥儿俩一同走出了客厅。

艾迪丝·德·哈维兰站起身,卷起了她的针织活儿。她朝我看了过来,我以为她要和我说话。她眼神恳切,似乎想要对我诉说什么,但马上又改变了主意,叹了口气,追随着大部队出去了。

克莱门丝走到窗边,看着花园里的景色。我走过去站在她身旁。她微微向我偏过了头。

"总算结束了,"她说,然后又厌恶地补充了一句,"这个客厅可真是糟糕透了。"

"你不喜欢这儿吗?"

"当然不喜欢。在这儿我都无法呼吸。这里总有一股腐花和灰尘味。"

我觉得这样说对这个客厅是不公平的。但我明白她的意思,她是想说这个客厅未免太隐秘了一点儿。

这是女人的房间,柔和且带有异国风味,与外界的狂风骤雨相隔绝。男人在这儿不会待得很久。这里不是个能放松身心,撑起脚看看报纸、吸吸烟的地方。但与楼上那间过于简洁的客厅相比,我倒喜欢这一间。女人的房间就应该有女人味儿,过于简单就没劲了。

她环顾着四周说:

"这里只是个舞台,让玛格达尽情演戏的舞台。"然后她看着我,"难道你没意识到我们刚才在做什么吗?我们是在演这出戏的第二幕:家庭会议。一切都是玛格达在安排。这种会不开也罢。没有交流,没有讨论,一切都是假大空。都是安排好的——就是这样。"

她的话里没有一丝凄凉的意味,只有一种满足感。她瞥见了我的眼神。

"难道你真没弄明白吗?"她不耐烦地问,"我们能解脱了——我们终于能解脱了。你难道不明白罗杰这些年来都很可怜吗?他对做生意根本没有兴趣。他喜欢养马,养牛,在田里转悠。只是他敬爱父亲——这家人都是如此。这就是问题所在——家里的人太具有家庭观念了。我不是说老人家是个暴君,或者说折磨他们、压榨他们。他都没有。相反,他给他们钱,还给他们自由,并把自己的身心都扑在了他们身上。正因为如此,儿孙们对他也是一片忠心。"

"这有什么不对吗?"

"我认为这样做很不好。我觉得孩子长大以后,他就应该让他们独立，抽身而退，不让他们依赖他，强迫他们忘了他。"

"强迫吗？是不是过于激烈了一点儿？强迫的方法不是同样很糟糕吗？"

"如果他的个性不是那样强的话——"

"个性不是培养的，"我说，"老利奥尼迪斯生来就是那种个性。"

"他的个性对于罗杰来说太强大了。罗杰崇拜他，希望做到父亲让他做的一切，希望成为父亲心目中的能干儿子。只是他根本做不到。罗杰的父亲把筵席承办公司托付给他——那是老头儿的得意之作，罗杰费尽全力想跟上老头儿的脚步。不过他没那个能力。罗杰在生意上——说得直白点儿——就是个废物。这让他伤心欲绝。他为此伤心了很多年，他努力过，抗争过，却看着生意一点点往下滑。即使有了些'点子'和'主意'，那也只是使形势变得更糟而已。年复一年的失败对他打击很大。你不知道他有多么痛苦，但我非常清楚。"

她再次转身面对着我。

"你以为、甚至还对警方暗示罗杰因为钱财杀害了父亲。你根本不知道——根本不知道那是多么荒诞不经。"

"现在知道了。"我谦逊地说。

"当罗杰知道再也挽回不了那家公司，破产在所难免的时候，他真的长舒了一口气。没错，确实是这样。他害怕让父亲知道——而不是没钱什么的。他期待和我展开一段全新的生活。"

她的表情放松下来，声音也柔和了许多。

"你们准备去哪儿？"我问。

"巴巴多斯。我的一个远亲刚死，在巴巴多斯给我留下了一小笔遗产——遗产并不多，没什么可炫耀的。只是我们至少有了个去处。我们会相对穷一点儿，但肯定能支持着活下去。那里的生活水平很低，不用支出太多。我们可以一直在一起，摆脱这些人，无忧无虑地活下去。"

说到这儿，克莱门丝长叹了一口气。

"罗杰有时非常荒唐。他为我担心，担心我受苦。利奥尼迪斯家族的金钱观念大概在他心头生根了吧。我前夫在世的时候，我们真的很穷——罗杰认为那时的我非常了不起！根本不知道我是何等的快活——非常非常快活！那以后我还没这么快活过。但实际上——我从来没有像爱恋罗杰一样爱过理查德。"

她的眼睛微闭着，我对她的情感感同身受。

她张开眼看着我说：

"这下你明白了吧，我不会为了钱杀任何人的，我根本不喜欢钱。"

我非常确信她没对我撒谎。克莱门丝·利奥尼迪斯是少有的对钱毫不在意的人之一。他们淡于奢华，乐于简朴，不喜欢拥有太多资产。

有许多人虽然不会被金钱诱惑，但他们会被金钱所带来的权力影响。

于是我对她说："你也许不会拿钱给自己用，却可以把它用于其他目的。比如说，用在你的科研项目上。"

我觉得克莱门丝应该对自己的研究项目非常热衷，她却只是淡淡地说：

"科研项目上的捐献根本没有益处。那些钱往往投错了方向。真正的事业经常是由有热情和驱动力的人完成的——这些人往往在某些方面具有独到的想法。昂贵的仪器和试验操练根本达不到你想要的目的。那些钱通常是由错误的人花出去的。"

"你介意为了去巴巴多斯而放弃工作吗?"我问,"我想你还是会坚持要去吧?"

"哦,是的,一得到警察的允许我们就走。是的,我才不介意放弃我的工作!为什么会介意啊?没错,我的确不喜欢闲着没事做,但在巴巴多斯我会有很多事的。"

接着她不耐烦地说:

"但愿事情快点儿了结,这样我们就可以走人了。"

"克莱门丝,你知道这事是谁干的吗?"我问,"假定你和罗杰都和案子无关——事实上我也看不出你们为什么要参与这件事——依你的智慧,你一定对这个案子有自己的想法吧。"

她用一种奇特的方式斜眼瞄了我一眼。说话时她的声音失去了常态,显得有些尴尬,有些窘迫。

"靠猜测是不科学的,"她说,"我只能说布兰达和劳伦斯是公认的怀疑对象。"

"你也认为是他们干的吗?"

克莱门丝耸了耸肩膀。

她站了一会儿,似乎在聆听什么。接着便走出客厅,在门口与艾迪丝·德·哈维兰正巧擦肩而过。

艾迪丝径直向我走来。

"我想和你谈谈。"她说。

爸爸的话闪过脑海。会不会——

艾迪丝·德·哈维兰又接着往下说:

"我希望你不要得出错误的看法,"她说,"我是说菲利浦。菲利浦非常难以理解。在外人看来,他是个非常隐忍的人。但这种看法完全错了。这只是他的礼貌而已。他的冷淡已经成了一种习惯。"

"我没把菲利浦当——"

话说到一半就被她打断了:

"接着再说说罗杰。他不是个小气的人,对钱的问题根本不计较。另外他还很可亲,总是非常可亲——只是需要得到别人的理解。"

我看着她,希望能表现出愿意理解人的神态来。她又接着往下说:

"这部分是因为他是家中的老二。人们通常觉得家里的老二在某些方面会有缺陷。告诉你,他非常崇拜他父亲。当然,利奥尼迪斯家的人都崇拜阿里斯蒂德,阿里斯蒂德也非常疼爱他们。但罗杰是他特殊的骄傲。因为他是老大——是阿里斯蒂德最大的孩子。菲利浦对此应该有所感知吧。他退回自己的内心世界,把自己包了起来。他开始喜欢读书,喜欢钻研历史,做出许多和日常行为脱节的事情来。我想他会感到很伤心——孩子们通常都会这样……"

停顿了一下之后她又接着说:

"我真正想说的是,他一直都很嫉妒罗杰。我觉得他甚至都没意识到这一点。但菲利浦对罗杰的失败显然不像应有的那么难过——这话也许有点儿说不出口,但我还是要说。我确信他其实真没意识到这一点。"

"你是说他对罗杰遭殃感到幸灾乐祸吗?"

"是的,"德·哈维兰小姐说,"正是此意。"

接着她又皱起眉头补充道:

"让我费解的是他没有及时向罗杰伸出援助之手。"

"为什么要帮忙呢?"我问,"毕竟,事情是罗杰自己搞砸的。他是个成年人,又没有孩子的拖累。如果他病了或者确实有所需求，家里人自然会帮忙的——但我敢肯定罗杰情愿展开一段全新的生活。"

"哦，他确实会的。他所在乎的只是克莱门丝。克莱门丝是个不可理喻的家伙。她喜欢过不舒服的生活，只要有个杯子喝茶就够了。我想这就是所谓的现代派的生活方式吧。她从不缅怀过去，也根本不知道什么是美。"

她用精明的目光上下打量着我。

"这对索菲娅来说是个严峻的考验，"她说，"我对她的青春可能因此而失色感到很难过。我爱他们所有人。我爱罗杰和菲利浦。现在又在照看索菲娅、尤斯塔斯和约瑟芬妮。他们都是我最亲的孩子，是玛茜亚的孩子。没错，我爱他们再多也不够。"她停顿了一下，然后厉声说，"但我要提醒你，这家人有盲目崇拜的传统。"

她突然转过身，匆匆离开了。她的最后那句话似乎包含着某种我捉摸不透的意思。

第十五章

"我已经把房间给你安排好了。"索菲娅说。

她站在我身边看着窗外的花园。枝叶脱落的大树在风中摇曳,窗外的花园显得一片萧瑟。

索菲娅似乎看穿了我的心思:

"多么荒凉的一幕啊……"

有两个身影从假山中穿过紫杉树篱,朝屋子这边走来。两个身影在逐渐黯淡的光线中显得虚无缥缈。

率先走来的是布兰达·利奥尼迪斯。她裹着件灰色的鼠皮外套,看上去像猫一样轻盈,迈着优雅的步伐,在月光下一闪而过。

她走到窗下时,我看到了她的脸。她面带微笑,先前在楼上的时候我就注意到她常这样扭曲地展开笑颜。过了没几分钟,畏畏缩缩的劳伦斯·布朗同样从月光下闪过。他们既不像是在散步,也不像是在闲逛,倒像是两个鬼鬼祟祟、捉摸不定的鬼魂。

这时不知是布兰达还是劳伦斯踩断了一根树枝。

出于本能的联想,我问索菲娅:

"约瑟芬妮在哪儿?"

"也许在学习室和尤斯塔斯在一起吧,"她皱起眉头,"查尔斯,我很担心尤斯塔斯。"

"为什么这样说?"

"他脾气古怪，性格多变。患上了小儿麻痹症以后，他就和以前完全不一样了。我不知道他整天在想什么。有时候他似乎仇恨我们每一个人。"

"也许长大就好了。这只是阶段性的现象而已。"

"是的，我也这样想。但查尔斯，我确实很为他担心。"

"亲爱的，为什么这样说？"

"因为爸妈从来不知道担心的缘故吧。他们根本不像是做父母的。"

"也许这样才好。有时横加干涉比不闻不问带来的伤害更大。"

"这倒是真的。告诉你，从国外回来之前我从来没想过父母是怎样的人，回来以后才发现他们俩真的很怪异。爸爸成天沉浸在一堆无法考证的野史中，妈妈则忙着创造各种舞台形象。今天晚上的事都怪妈妈。根本没必要召开家庭会议。她只是想营造家庭会议的场景罢了。她已经住得烦闷了，只得试图弄出一场戏来。"

一时间我突然产生了一个想法——索菲娅的妈妈为了一场亲自主演的谋杀戏码，杀了年迈的公公。

太可笑了。我马上把这个念头抛到一边，心里却有点儿忐忑。

"必须一直盯着我妈妈，"索菲娅说，"不然你根本不知道她在打什么主意。"

"索菲娅，暂时忘了家里的事吧。"我斩钉截铁地说。

"我当然不想被家里的事拖累，但眼下要全然忘了他们却有点儿难。在开罗的时候，我压根儿没想过他们，那时的我是多么快乐。"

索菲娅在开罗时的确没跟我提过家人和家事。

"你是为了忘记他们才不去谈他们的吗？"我问她。

"我想应该是。我们总是太相互依赖了。我们——我们深爱着彼此。我们不像有些家庭那样彼此仇恨，那种生活一定很糟糕，但在冲突的情感中纠缠在一起生活必定会更糟。"

接着她又补充道：

"所以我才会说，这幢屋子是扭曲的。我并不是说家里的人有多么不诚实，我是说我们都不是特别独立，无法完全靠自己。我们习惯纠缠在一起，互相依赖。"

"就像藤蔓植物一样……"

听到这话，我眼前突然出现了艾迪丝·德·哈维兰脚踩绿色藤蔓的场景，索菲娅的意思马上一目了然。

玛格达闯进门对我们嚷道：

"亲爱的，为什么不开灯？天都快暗了。"

她按下开关，灯光照亮了墙和桌子，我与索菲娅和她一起拉下了厚重的玫瑰色窗帘，发现自己身处满溢花香的内室之中。玛格达一屁股坐在沙发上，对我们嚷道：

"太不可思议了，难道不是吗？尤斯塔斯生气极了。他说这一切简直太不像话了！这些男孩子们！"

说完她长叹了一口气。

"罗杰的确很惹人爱。我喜欢他把头发弄得乱蓬蓬、不小心撞翻东西的样子。艾迪丝把遗产都给他真是太好心了。要知道，她是真心实意的，不只是做做姿态。但这简直是太愚蠢了——这会让菲利浦觉得他也应该这么做。艾迪丝自然会为了这个家做任何事！一个老小姐对姐姐孩子的爱是非常感人的。总有一天我也要扮扮这种乐于献身的姨妈的角色。爱探究竟、不屈不挠，又勇于献身。"

"姐姐死后她一定很艰难，"我赶紧插话，不想再听玛格达提起的角色,"我是说如果她真的很讨厌老利奥尼迪斯的话。"

玛格达打断了我的话。

"讨厌吗?谁告诉你的?胡说,她爱着他。"

"妈妈!"索菲娅沉不住气了。

"索菲娅,别想反驳我。你们这个年纪的爱情自然是花前月下!你根本什么都不懂。"

"她告诉我她一直很讨厌老利奥尼迪斯。"

"可能刚来的时候是这样的吧。她对姐姐嫁给利奥尼迪斯感到很生气。我想说可能的确有一些对立情绪——但她爱着他却是确定无疑的。亲爱的,我很清楚自己在说什么!当然,因为是亡妻的妹妹以及其他一些理由,老利奥尼迪斯不可能娶她,我敢说他想都不曾想过——很可能姨妈也没这样想过。她很乐于抚养孩子们,和他争吵度日。但她反对利奥尼迪斯娶布兰达。她非常抗拒这件事。"

"你和爸爸不也很反对嘛。"索菲娅说。

"我们自然会反对,这是人之常情!但最不乐意的无疑是艾迪丝。孩子,只要看到她瞧布兰达的样子你就了解了。"

"妈妈,别说了。"索菲娅按捺不住了。

玛格达深情而内疚地看了她一眼,活像个被宠坏的淘气小孩。

玛格达突然转了个话题:

"我决定让约瑟芬尼上学读书。"

"让约瑟芬尼去读书吗?"

"是的,送她去瑞士读书。我明天就着手办这事。我觉得我们应该马上让她离开这儿。让她搅在这堆烂事里真是再糟糕不过了。这件事让她变得有些不正常。她需要和同龄的孩子在一起,过上真正的学校生活。我一直这样认为。"

"爷爷不想让她去学校上学,"索菲娅缓缓说道,"他非常明确这一点。"

"老家伙想让我们都待在他眼皮子底下。老人在这一点上都很自私。但孩子就应该和其他孩子在一起。瑞士是个健康的国度——有很多冬季项目,空气清新,吃的也比这里好得多。"

"按照现在的规定,去瑞士读书麻烦着呢,应该没错吧?"我问。

"查尔斯,别胡诌了。有些专门处理此事的教育机构甚至可以交换一个瑞士小孩过来——总之总会有办法的。鲁道夫·阿尔斯特尔正好在洛桑。我明天就给他发电报,让他把这事安排好。最快周末就可以让她动身。"

玛格达用拳头击打了一下坐垫,冲我们一笑,朝门口走过去。走到一半,她突然停下脚步,以动人的目光望着我们。

"年轻人才是最有希望的,"她像朗诵诗歌似的说,"必须把他们放在第一位。亲爱的——想想那些花吧——蓝色的龙胆花,还有水仙花……"

"十月哪儿有这种花啊?"索菲娅问,但是玛格达已经消失不见了。

索菲娅夸张地长叹了一口气。

"老妈可真是讨厌,"索菲娅气恼地说,"她总是会突然冒出些念头来!然后发出好些份电报,希望事情马上都能安排好。有什么道理要把约瑟芬尼匆忙打发到瑞士去?"

"你妈妈自然有她的用意。我觉得让约瑟芬尼和她同龄的孩子待在一起可能对她比较好。"

"爷爷可不这么想。"索菲娅不甘心地说。

我觉得有点儿生气。

"亲爱的索菲娅,你真的认为一个八十多岁的老头儿对孩子幸福的判断是正确的吗?"

"他对这幢房子里每个人的判断都是正确的。"

"比你的艾迪丝姨妈还准确吗?"

"不,也许没有。艾迪丝姨妈确实倾向于让约瑟芬尼去上学。约瑟芬尼很难对付,还染上了喜欢偷窥的坏毛病。不过我觉得她只是在玩侦探游戏罢了。"

玛格达仓促之间的决定只是为约瑟芬尼的幸福着想吗?这一点我深感怀疑,约瑟芬尼对谋杀之前发生的事情都很了解,但这些事应该和她本人没什么关系。学校生活对她有益,但是我对玛格达这个仓促的决定感到很奇怪——瑞士远着呢。

第十六章

爸爸吩咐我：

"让他们开口跟你讲话。"

第二天早晨刮胡子的时候，我在想问话进行到了什么地步。

艾迪丝·德·哈维兰小姐已经跟我谈过了——她是抱着特殊的目的来找我谈的。克莱门丝也跟我谈了——准确地说是我找她谈的。从某种程度上来说，我和玛格达也算谈过了——事实上我只是她广播听众的一分子罢了。索菲娅自然和我谈过了。甚至连家里的老保姆都对我畅所欲言。她们的话有没有给我启发呢？有没有令人深省的话语呢？有没有父亲所说的反常的虚荣呢？至少我一点儿都没看出来。

唯一表示不想以任何形式跟我交流这个话题的人只有菲利浦。这算不太正常吗？他现在一定知道我想娶他女儿了。然而他还是对我视而不见。想必不想让我出现在这里。艾迪丝·德·哈维兰小姐已经为他道过歉了，说他只是不懂礼节而已。她似乎对菲利浦很关心。这又是为什么呢？

我想着索菲娅的父亲。无论从哪个方面来说，他都算得上是个压抑的人。他曾经是个郁郁寡欢又心怀嫉妒的孩子，被迫生活在自己的内心世界中。躲在书堆中，在历史的长河里徜徉。学究气的冷漠外表下或许隐藏着某种炽热的情感也说不定。因为所得不多而杀害父亲的理由完全没有说服力——我不认为菲利浦·利奥尼迪斯会因为给的钱不够多而杀害父亲。不过也许有某种深层次的心理原因使他希望看到父亲死去。菲利浦率先回到父亲身边居住。由于空袭，罗杰后来也回来了——不得不日复一日地看着罗杰受到父亲的宠爱……怨恨也许积累到了某种程度，使他认为唯一的办法是让父亲去死。说不定还能让杀人的罪名落在哥哥头上。罗杰有理由杀人——他的公司正处在破产边缘。在不知道罗杰和父亲的最后一次谈话以及父亲表示要提供援助的前提下，菲利浦也许认为罗杰的杀父动机足以说服众人了。这种精神状态的不平衡会不会让菲利浦痛下杀手？

刮胡刀刮破了下巴，我恨恨地骂了一声。

我在干什么？把绞索套在索菲娅父亲的脖子上吗？我是畅快了。但这不是索菲娅让我来这儿的目的。

难道这会是她的目的吗？我一直觉得索菲娅的请求背后包含着某种东西。如果对父亲的怀疑挥之不去的话，她是不会嫁给我的——以防这种怀疑被验证成真。正因为她是索菲娅，所以才会勇敢无畏地追求事实真相，否则这种不确定势必会在我们之间造成永远的隔阂。事实上她也对我说过："必须证明我所想象的事情不是事实。如果是事实的话，那就拿出证据来——这样我就能面对最糟糕的情况，从而正视它。"

艾迪丝·德·哈维兰小姐确信或者怀疑菲利浦是有罪的吗？她所说的"盲目崇拜"到底是什么意思？

当我询问克莱门丝，她怀疑谁的时候，她说劳伦斯和布兰达是两个比较可能的怀疑对象，那时她投向我的古怪目光又是什么意思呢？

家里所有人都希望凶手是布兰达和劳伦斯，觉得这样就好办了,但他们其实并不这样认为……

当然他们可能弄错了,老利奥尼迪斯也许的确是布兰达和劳伦斯杀害的。

也许是劳伦斯,布兰达其实并不知情……

这样就皆大欢喜了。

我停止抚摸割伤的下巴,到楼下去吃早饭,下定决心尽快找劳伦斯·布朗谈一谈。

直到喝第二杯咖啡时,我才意识到怪屋的气氛同样感染了我。现在我所追寻的其实是最合适的谜底,而不是真实的谜底。这样的想法显然是不对的。

吃过早饭,我穿过走廊,返身上楼。索菲娅告诉我可以在学习室找到正在给约瑟芬尼和尤斯塔斯上课的劳伦斯。

我在布兰达门前的楼梯口踌躇不前。是按铃或敲门,还是直接走进去?最后我决定把这看成利奥尼迪斯家的一个组成部分,而不是布兰达的私宅。

我打开门走了进去。屋子里静悄悄的,似乎一个人都没有。左手边通向客厅的门关上了,右边卧室和浴室的门开着。伊色林和胰岛素就是在这间和阿里斯蒂德·利奥尼迪斯的卧室相连的浴室里放着的。

警察已经结束了这里的工作。我打开门,悄悄溜了进去。我马上就意识到家里人——或者是外来的图谋杀人者——在不被人发现的情况下上楼溜进浴室非常容易。

我站在浴室里私下看了看。浴室里铺满了闪闪发光的瓷砖,还装了个浴缸。浴室一边摆满了各种各样的家用电器:电炉、烤架、电热锅(一只小号的带柄平底锅)、烤面包炉——用人侍候老人的所有家用电器在这里一应俱全。墙上挂着一个白色的珐琅药品柜。我打开柜子，发现里面放满了医疗用品：两个吃药用的杯子，洗眼杯，眼滴瓶，还有几个带标签的药瓶。另外我还在柜子里找到了阿司匹林、硼酸粉、碘酒和医用绷带。相邻的架子上放着储备的胰岛素、两个皮下注射器和一瓶医用酒精。第三个架子上放着一个标明用量的药瓶，药瓶上的标签写着"按照医嘱，每晚服一到两片"。无疑眼药水也放在这里。这里所有的东西都排得整整齐齐，便于任何人取用，同样也包括杀人者。

我可以随心所欲地摆弄这些药瓶，然后不为人知地下楼离开。这一切没什么新鲜的，却增加了警方的工作难度。

只有从罪犯或犯罪的参与者身上才能发现犯罪的情况。

"让他们感到惊慌，"塔弗纳这样对我说，"让他们不得安宁，让他们以为我们已经掌握了情况。让我们成为关注的焦点。如果这样做的话，罪犯迟早会沉不住气，想在我们面前露一手的——这样我们就能逮住他了。"

目前为止，罪犯还没对警方的这一策略作出反应。

我走出浴室。周围仍然一个人都没有。我沿着走廊朝前去，走过了左边的餐厅和右边布兰达的卧室和浴室。浴室里有个女仆。餐厅的门则关上了。餐厅前面的房间传来艾迪丝·德·哈维兰打电话给鱼贩的声音。再前面的旋转楼梯通向楼上。我走上楼梯。楼上是艾迪丝的房间和起居室。我知道上面还有两间浴室和劳伦斯·布朗的房间。再往前的一段短楼梯通向用人房和作为学习室使用的小房间。

我在门外停住脚步。劳伦斯·布朗抑扬顿挫的声音从房里传了出来。

在约瑟芬尼偷听癖的影响下，我恬不知耻地贴住门，倚着门板听了起来。

里面正在上历史课，讲的是法国五人内阁时期的典故。

听着听着，我吃惊地睁大了眼睛，没想到劳伦斯·布朗竟然这么了不起。

我不知道自己为什么要惊讶。阿里斯蒂德·利奥尼迪斯毕竟是个知人善任的老板。尽管劳伦斯外表羞涩，却很能激发学生的热情和想象力。热月转变的史实，罗伯斯庇尔分子的非法性，巴拉斯的高贵，福契的狡猾，甚至穷酸的炮兵中尉拿破仑——这些他都能信手拈来，讲得栩栩如生。

劳伦斯突然停止了讲述，向尤斯塔斯和约瑟芬尼提出一个问题，让他们把自己设想成大革命时期的某个人物，然后再换成另一个人物。尽管约瑟芬尼的声音有如得了感冒似的没有热情，尤斯塔斯却一反平日的阴沉，显得聪颖过人。这种敏锐的历史观无疑是从父亲那里继承来的。

随后我便听到椅子推后刮擦地板的声音。我退到楼梯上，做出一副正要下楼的姿态来。

尤斯塔斯和约瑟芬尼鱼贯而出。

"你们好。"我若无其事地跟他们打着招呼。

尤斯塔斯看见我好像很惊奇。

"你来有什么事吗？"他有礼貌地问。

约瑟芬尼对我没有丝毫兴趣，从我身边溜了过去。

"我只是想来看看学习室。"我的理由有些站不住脚。

"那天你不是已经来看过了吗？这里只是个孩子玩的地方而已。过去是个托儿所。现在这里仍然有很多玩具。"

他为我挡着门，让我走了进去。

劳伦斯·布朗站在书桌旁边。他抬起头，突然脸红了，嘟囔了几句以表示对我问候的回应，接着便匆匆离开了。

"你吓着他了,"尤斯塔斯说,"他很容易受到惊吓的。"

"尤斯塔斯,你喜欢他吗?"

"还好,只是有点儿笨。"

"当老师却挺称职的。"

"是啊,公平地说他相当有趣。他懂的真他妈的多。还能让你从另一个角度看问题。我从来不知道亨利八世给安·博琳写过诗——是首非常高雅的诗。"

我们谈了一会儿《古舟子咏》、乔叟、十字军东征的政治意义、中世纪的生活方式以及克伦威尔禁止庆祝基督教节日的话题。尤斯塔斯对克伦威尔的做法非常困惑不解。他那暴躁阴郁的外表下显然隐藏着一颗乐于探索的心。

我很快就意识到了他郁郁寡欢的根源。他的病不仅对他是种折磨,而且对他即将展开的愉悦生活造成了非常大的打击。

"下学期是第十一学期——我在这个家真是待腻了。待在家和约瑟芬尼那样的讨厌鬼一起上课真是无聊透了。你想问为什么吗?她才只有十二岁。"

"你们的课程是一样的,对吗?"

"当然不一样,她不用学高等数学或拉丁语。但是谁愿意和一个姑娘家共用一个家庭教师。"

我告诉他约瑟芬尼相对于她的年龄来说聪明得多,以此来抚慰他的男性自尊。

"她很聪明吗?才不呢,我觉得她傻透了。只是在侦探之类的事情上的确很有一套——四处打探别人的隐私,把探听来的东西记在她的黑色小本子上,假装发现了许多秘密。但充其量只不过是个傻丫头而已。"尤斯塔斯傲慢地说。

"女孩子是无论如何都成不了侦探的,我这么对她说了,"

他补充道,"我觉得妈妈把约瑟芬尼打铺盖送到瑞士的决定是对的。"

"你不想念她吗?"

"想念一个小屁孩吗?"尤斯塔斯不屑一顾地问,"当然不会。老天爷,这幢房子真是憋死人了。妈妈总是往返于这里和伦敦,威胁听话的编剧们替她改写剧本,一天到晚就爱无事生非。爸爸总是闷头读书,有时你跟他说话他也听不进。我不明白为什么会碰上如此另类的父母。还有那个亲热得让你毛骨悚然的罗杰叔叔。克莱门丝婶婶倒没什么,只是有时候会让人觉得怪里怪气的。艾迪丝姨婆还不错,可是她太老了。索菲娅姐姐回来以后家里的气氛好了许多——尽管她有时非常严厉。总之这个家的气氛怪怪的,你没这样觉得吗?有个年轻得足以当你姐姐或姨妈的继祖母。这一点几乎能让人完全崩溃。"

我非常理解他的这种感受。我依稀记得自己在他这个年龄同样非常敏感,对自己或近亲的异常行为都深恶痛绝。

"你爷爷是个什么样的人?"我问,"你喜欢他吗?"

尤斯塔斯脸上掠过一丝诧异的神情。

"他是个与社会格格不入的人。"他说。

"怎么格格不入了?"

"他满脑子只想赚钱。劳伦斯说这样是不对的。另外爷爷还是个彻底的个人主义者。这样的人必须及时铲除,我说得对吗?"

"这下你称心如意了吧,"我残忍地说,"他终于死了。"

"确实不坏,"尤斯塔斯说,"我不是冷酷无情,但他那个年纪确实难以继续享受生活了。"

"你爷爷已经不能继续享受生活了吗?"

"当然不能。无论怎么说,他都该死了。他——"

劳伦斯·布朗回到学习室，尤斯塔斯立刻中断了谈话。

劳伦斯开始动手找书，但我觉得他一直在用眼角的余光看我。

接着他看了看手腕上的表，说：

"尤斯塔斯，十一点前请准时回来。过去几天我们已经浪费了太多时间了。"

"好的，先生。"

尤斯塔斯吹着口哨，懒洋洋地出了门。

劳伦斯·布朗飞速看了我一眼，用舌头舔了两三下嘴唇。他到学习室的目的显然是为了和我交谈。

在漫无目的地翻动了一些书、假装要找的书没有找到以后，劳伦斯终于开口说话了：

"进展得怎么样了？"他问。

"你想知道什么？"

"我想问警方的进展怎么样了。"

他抽了抽鼻子。看来鱼上钩了。

"我不在他们的核心圈子里。"我告诉他。

"你爸爸不是局长助理吗？我还以为他什么都知道呢！"

"他的确是局长助理，"我说，"但办案机密是泄露不得的。"

我故意摆出一副炫耀的口吻。

"这么说你不知道——不知道他们是否会——"他的声音渐渐变小了，"他们会抓人吗？"

"至少现在还不会抓。至于将来会发生什么，我就不知道了。"

让他们开口说话，塔弗纳总督察这样说过，让他们惊慌失措。这不，劳伦斯·布朗已经惊慌失措了。

他开始以紧张的语速高谈阔论起来。

"你不知道……那种压力……你不了解——我是想说……他们一直在提问题……提那些跟案子一点儿关系都没有的问题……"

他中断了谈话。我耐心等待着。既然他想说,那就让他尽管说吧。

"总督察做那个恶劣暗示的时候你是不是也在场?我是说他暗示我和利奥尼迪斯夫人……太可恶了。这使人感到特别无助。我没有能力阻止别人这么想!这完全是莫须有的事情。只是因为——只是因为她比——她比她丈夫小很多。人们的想法太可怕了——真是太可怕了。我觉得——我不禁觉得这是个阴谋。"

"阴谋吗?这种想法倒挺有趣的。"

这种想法的确有趣,却让他烦恼不已。

"他们一家,我是说利奥尼迪斯一家人,他们一点儿都没有同情心。他们总是一副高高在上的样子。我觉得他们一直很轻视我。"

他的双手不自觉地抖动起来。

"就是因为他们有钱有权力,因此才看不起我。我算什么?我只是他们家孩子的家庭教师。只是个讲良心的反战者而已。我的反战是出自良心的,真的是出自良心的。"

我什么话都没接。

"好吧,"他彻底爆发了,"我有什么好怕的呢?我怕把事情弄糟吗?我怕该按扳机的时候却不能按——无法让自己按下扳机。你怎么知道要杀的是个纳粹呢?你杀的可能是个毫无政治倾向、只是为了响应政府的号召参军服役的乡下男孩而已。我觉得战争是错误的,你明白吗?我觉得战争从根本上就是错误的。"

我仍然没有说话。我觉得沉默比争论或者附和所起的作用要好得多。劳伦斯·布朗正在尽量说服自己,恰好可以利用这个过程好好观察一下他的本质。

"你对利奥尼迪斯太太有何看法?"我问。

他的脸红了。他不再畏缩,而比较像个男人了。

"利奥尼迪斯太太是个天使,"他说,"是个纯粹的天使。她对丈夫的爱意和体贴是无可指摘的。把她和下毒联系在一起太可笑了——简直是太可笑了。只有那个没脑子的总督察才想得出。"

"他只是根据妻子给丈夫下毒的过往案例得出的结论而已,这种体贴的年轻妻子还真不少。"我告诉他。

"真是白痴。"劳伦斯·布朗愤愤不平地说。

他走到角落里的书架边,随意翻起书本来。我觉得从他身上再也问不出什么了,于是慢慢退出了学习室。

当我在走廊里抬步向前走的时候,走廊左边的门突然打开,约瑟芬尼几乎和我撞个正着。她像古典哑剧里的小魔头一样突然出现在我面前。

她的脸和双手都很脏,耳朵上还挂着蜘蛛网。

"约瑟芬尼,你在干什么?"

我透过半开的门朝里窥探。几阶楼梯通向一个阁楼状的长方形空间,几个大水槽在阁楼里隐约可见。

"我在水箱房呢。"

"在水箱房干什么?"

约瑟芬尼就事论事地说:

"我在进行侦察工作。"

"在水箱里有什么好侦察的?"

"我必须去好好洗洗。"

"你是得好好洗洗了。"

约瑟芬尼消失在最近的一扇浴室门里。她突然回头说:

"到了发生第二起谋杀的时候了,你觉得呢?"

"你这是什么意思——什么第二起谋杀?"

"侦探小说里到这时候总会发生第二起谋杀。知道情况的人在说出实情之前一准儿会被人杀害。"

"约瑟芬尼,你中侦探小说的毒太深了。如果家里有人看见什么的话,他们才不想把事情说出来呢。"

水龙头里喷出来的水声中隐约传来约瑟芬尼的声音。

"有时他们根本不知道自己看见了什么。"

我眨着眼,试图弄明白话里的意思。接着便撇下正在洗澡的约瑟芬尼去楼下了。

我穿过门走向楼梯,正巧碰上了客厅里冲出来的布兰达。

她走近我,把手放在我的胳膊上,抬头看着我的脸。

"怎么样了?"她问。

她的意思和劳伦斯没什么区别,只是询问的方式不同而已。她用的词语虽然简单,却比劳伦斯有效多了。

我摇了摇头。

"没什么进展。"我告诉她。

她长长地叹了口气。

"我害怕极了,"她说,"查尔斯,我害怕极了……"

她的恐惧是实实在在的。我们身处的狭小世界给人带来一种实在的恐惧感。我想让她安心,想尽可能帮助她,并再一次感受到了布兰达遭到的层层敌意。

她或许会仰天长叹:"谁站在我这一边啊?"

谁会站在她那一边呢?劳伦斯·布朗吗?但劳伦斯·布朗又算什么呢?劳伦斯·布朗不是那种危难之际可以交托的人。他充其量只是个懦夫而已。我脑海中突然出现了前一天晚上出现在花园中的两个身影。

我想帮她的忙。我特别想帮她的忙。只是实在没什么可做的。我心底突然产生了一种罪恶感，似乎索菲娅正在用责难的眼光看着我。我记得索菲娅说过这么一句话："看来她把你迷住了。"

索菲娅不明白、也不想明白布兰达的立场。布兰达孤立无援，没有人站在她那一边。

"明天开质询会，"布兰达说，"会发生什么事？"

至少在这点上我能让她安心。

"没什么事，"我说，"不必太过担心。质询会将推后几天，以便警方继续搜查。不过媒体可能在这段时间大做文章。迄今为止，报章上还没有老人是自然死亡的暗示。利奥尼迪斯家族的影响力很大。质询会如果延迟的话——那就有得瞧了。"

什么叫有得瞧啊？我为什么非要选择这个词？

"他们——他们会很可怕吗？"

"我要是你的话，我谁都不会去见。布兰达，你应该找个律师——"她失望地叹了口气，颓然向后退缩，"不——不——不是你想的意思。我只是想让你找个关注你的利益、就程序问题提出建议的律师。告诉你哪些话可以说，哪些话不可以说，哪些事可以做，哪些事不可以做。

"你心里一定很清楚，"我说，"你是孤孤单单的一个人。"

她把手紧压在我胳膊上。

"没错，"她说，"你很清楚我的难处。你帮了我很大的忙。查尔斯，你已经帮了我很大的忙……"

我心里暖融融地下了楼……却发现索菲娅站在门口。她的声音极其冰冷。

"待得可真够久啊,"她说,"伦敦来电话了,你爸爸想让你回去。"

"他在苏格兰场吗?"

"是的。"

"不知道为什么找我。他们什么都没说吗?"

索菲娅摇摇头。她眼睛里充满了焦虑。我把她拉向我。

"亲爱的,别担心,"我宽慰道,"我马上就回来。"

第十七章

办公室里的气氛非常压抑。爸爸坐在桌子后面,塔弗纳总督察靠在窗框上。盖茨基尔先生一脸不高兴地坐在来客的位子上。

"——需要特别加以保密。"他刻薄地说。

"自然,这是自然,"爸爸宽慰着他,看到我以后,爸爸话锋一转,"查尔斯,你来得正好,事情有了出乎意料的进展。"

"的确是出乎意料。"盖茨基尔说。

矮个子律师似乎对什么事情打心眼里感到不高兴。身后的塔弗纳总督察一个劲儿地朝我偷笑。

"可以让我重述下要点吗?"爸爸礼貌地说,"查尔斯,盖茨基尔先生今早收到一封令人吃惊的来信。寄信人是特尔菲餐厅的业主阿格罗多普洛斯先生。他年纪非常大,出生在希腊,年轻时受过阿里斯蒂德·利奥尼迪斯的帮助。他一直非常感谢阿里斯蒂德,阿里斯蒂德好像也非常信赖他。"

"没想到利奥尼迪斯家族的人如此多虑,"盖茨基尔先生说,"不过他年纪大了,也许有点儿老糊涂了吧。"

"这是再自然不过的,"爸爸轻声说,"盖茨基尔,人一老就会想起年轻时候的事和年轻时的朋友。"

"但我已经为他们家工作了四十多年了,"盖茨基尔先生说,"精确地说是四十三年六个月。"

塔弗纳又笑了。

"发生什么事了?"我问。

盖茨基尔先生刚想开口,却被我爸爸打断了。

"阿格罗多普洛斯先生在信中说,他完全按照阿里斯蒂德·利奥尼迪斯的吩咐在行事。简单点儿说,一年多以前,阿里斯蒂德交给他一封封了口的信,让他在阿里斯蒂德死后,立即转交给盖茨基尔先生。如果阿格罗多普洛斯先生比阿里斯蒂德先死的话,他的儿子,也就是利奥尼迪斯的教子将执行相同的指令。阿格罗多普洛斯先生为延迟转交而表示道歉,他说他得了肺炎,昨天下午才得知朋友的死讯。"

"这简直是胡闹。"盖茨基尔先生说。

"盖茨基尔先生打开信封,看了内容以后,觉得自己有必要——"

"这种事必须交给你们办了。"盖茨基尔先生说。

"看看信里放的东西吧。信里放着立约人和见证人联署的遗嘱,另外还有一封说明信。"

"这么说遗嘱还是找到了?"我说。

盖茨基尔先生脸红到了脖子根。

"不是同一份遗嘱。"他大声说,"这不是利奥尼迪斯先生让我起草的那份遗嘱。这份遗嘱是他亲自起草的,这种事不该由外行人来干。看来利奥尼迪斯先生就是要让我出丑。"

塔弗纳总督察尽力想给他点儿安慰,以平息他的怒气。

"盖茨基尔先生,利奥尼迪斯年纪已经很大了,"他说,"年纪大的人总会有些怪——不是疯疯癫癫,只是经常会剑走偏锋罢了。"

盖茨基尔先生不置可否地喷了口气。

"盖茨基尔先生给我们打了电话,"爸爸说,"向我们介绍了遗嘱的内容。我让他带上两份文件过来一趟,同时也把你叫了过来。"

我不明白为什么要把我也叫来。这种举动无论就父亲而言还是就塔弗纳先生而言,都是违反常例的。无论如何我早晚都会知道遗嘱的内容,为什么要把我特地叫过来呢?老利奥尼迪斯把钱留给谁根本与我无关。

"是不同的两份遗嘱吗?"我问,"我想知道的是,这份遗嘱和前一份的处置方法不同吗?"

"的确有所不同。"盖茨基尔先生说。

爸爸关切地看着我,塔弗纳总督察极力避开我的视线。我隐约觉得有些不安……

他们在想同一件事,我却一点儿头绪都没有。

我以探询的目光看着盖茨基尔。

"这事跟我无关,"我说,"只是——"

盖茨基尔先生开口了。

"利奥尼迪斯先生对于遗产的处置不是什么秘密,"他说,"我想应该先让警方知道,然后由他们指导随后的行动。另外,根据我的理解,"说到这儿时他停顿了一下,"根据我的了解,你和索菲娅·利奥尼迪斯之间是否存在着某种特殊的关系?"

"我想娶她为妻,"我说,"但在目前的情况下,她是不会答应我的求婚的。"

"这很正常。"盖茨基尔先生说。

我不同意他的观点,但现在不是吵架的时候。

"根据这份签署于去年十一月二十九号的遗嘱,"盖茨基尔先生说,"除了给妻子的十万英镑以外,他把其余的动产和不动产都留给了孙女索菲娅·凯瑟琳·利奥尼迪斯。"

我重重地吸了口气。我根本没想到剧情会这样发展。

"他把全部的财产几乎都给了索菲娅，"我说，"这实在太不寻常了，他有什么理由吗？"

"他在说明信里解释了这样做的理由，"爸爸从身前的书桌上拿起一页纸，"盖茨基尔先生，能让查尔斯看看这封说明信吗？"

"请便吧，"盖茨基尔先生冷冷地说，"信里至少给出了理由，或者说，尽管我不敢苟同——为利奥尼迪斯先生的惊人行动找了个理由。"

爸爸把信交给我。信上的字迹很潦草，是用黑色墨水写的。字体显示了写信人独特的个性和人格。看得出利奥尼迪斯没有精心组织过信件的内容，整封信具有过去时代精修文法却疏于组织的明显特征。

亲爱的盖茨基尔，（信上这样写着）

拿到这封信你一定会感到很惊讶，也许会觉得被伤害了感情。但我之所以采用这种可能被你看作鬼鬼祟祟的行动，是有充分理由的。长久以来，我一直深信一个道理。每个家庭（这点我在孩童时就已经发现了，而且永远铭记在心）总有一个强势的人，照顾家里人的重担会全部落在这个人头上。在我们家，我就是这样一个人。我来到伦敦，在伦敦成家立业，抚养我在斯麦纳的母亲和祖父母，使我的一个兄弟免受牢狱之灾，帮姐姐从不幸的婚姻中解脱出来，如此种种。所幸上帝让我活得很长，使我得以看顾儿女和他们的儿女。许多人被死亡夺去了生命。但我可以很高兴地说，其他人都还活在我的庇护之下。我死了以后，我所肩负的负担必定传承到某个人的肩膀上。我问自己是否要将遗产平分给至爱的各位——但这样做的结果未必公平合理。人不是生来平等的——为了补偿天生的不平等，就必须加以匡正。换句话说，我必须找个继承人，由他来承担全家的重担。仔细观察以后，我发现我的两个儿子均不足以挑起这副重担。我最喜欢的儿子罗杰没有生意头脑，天性的善良使他很容易被感情所驱使，无法拥有良好的判断力。另一个儿子菲利浦则完全缺乏自信，逃遁于尘世之外。孙子尤斯塔斯现在还太小，我不认为他具有良好的常识和判断力。他过于懒散，很容易受到遇见的人的影响。只有孙女索菲娅似乎能担大任，具有一家之长所需的品质。她有头脑，判断力极佳，敢做敢当，办事不偏不倚，另外还非常宽让。我把全家人以及小姨子艾迪丝·德·哈维兰（我对她长期以来的无私奉献深表感激）的福祉都交托给她，相信她能担负起这个责任。

　　这就是我对所附文件的说明。让我难以解释的——特别是对我的老朋友你——是我这次设下的局。我认为不要引起对遗产的猜测比较好，我也无意让家人提前知道我已经选择了索菲娅做我的继承人。我的两个儿子已经分到了价值可观的财产，因此遗产的处置方法不会让他们有被羞辱的感觉。

　　为了平息好奇和猜疑，我会让你替我拟订一份遗嘱在家人面前宣读。我把它放在桌子上，在上面蒙上吸墨纸，招来两个仆人作为见证人签字。他们来了以后，我会把吸墨纸向上掀一点儿，在露出文件底部以后签上我和他们的名字。不用我说，你也应该知道我和他们签名的遗嘱是现在这份，而不是你朗读的那份了吧。

　　我不敢期望你能理解耍这个小聪明的原因。我只希望你原谅我没有说出实情。老人总是想守住一丁点儿秘密,希望你能原谅。

亲爱的朋友,我要感谢你对这个家的恪尽职守。向索菲娅表达我对她的挚爱。告诉她照顾好家人,让家人免受伤害。

阿里斯蒂德·利奥尼迪斯

我兴味盎然地读完了这份了不起的文件。

"真是精彩绝伦。"我盛赞道。

"确实精彩,"盖茨基尔先生说着站起身来,"我再重申一遍,我觉得我的老朋友利奥尼迪斯先生应该信任我才对。"

"盖茨基尔,这你就错了,"爸爸说,"他从来不按常理出牌。要我说,他就是那种爱走旁门左道的人。"

"先生,你说得没错,"塔弗纳总督察说,"没人比他更狡猾了。"

他似乎对此深有感触。

盖茨基尔大步离开了父亲的办公室,他的职业自尊心受到了极大的伤害。

"看来他受伤不浅,"塔弗纳说,"卡鲁姆和盖茨基尔律师事务所是家非常棒的律师事务所,这家公司绝不会和歪门邪道沾边。老利奥尼迪斯进行可疑的交易时从不通过卡鲁姆和盖茨基尔律师事务所。有六七家律师事务所为他服务。这个狡猾的老头子!"

"他的狡猾在立遗嘱这件事上表现得特别突出。"爸爸说。

"我们都被他骗了,"塔弗纳说,"回过头来想想,能在遗嘱上动手脚的只有他自己。我们怎么会没想到是他的意愿呢?"

我回忆起约瑟芬尼说到"警察不也很蠢吗"时的傲慢一笑。

但签署遗嘱的时候约瑟芬尼并不在场。即使她躲在门外偷听——这一点我是完全相信的——也猜测不到祖父做了什么。既然这样,她为什么还会笑警察太愚蠢呢?兴许这只是她爱炫耀的另一种表现吧。

惊讶于室内的静寂,我猛地把头一抬——发现爸爸和塔弗纳都直直地看着我。我不知道他们表情中的什么使我突然冒出一句:

"索菲娅什么都不知道呢!真的什么都不知道。"

"什么都不知道吗?"爸爸问。

我不知道他是表示疑问还是在附和我的话。

"她肯定会大吃一惊的!"

"是这样吗?"

"肯定的。"

片刻的沉默过后,办公桌上的电话突然刺耳地响了起来。

"谁的电话?"他拿起话筒,听了一会儿之后说,"把她接过来吧。"

他看了我一眼。

"你女朋友的电话,"他说,"她想和你谈谈。这事很紧急。"

我从她手上接过话筒。

"是索菲娅吗?"

"查尔斯,是你吗?约瑟芬尼出事了!"她的嗓音略微有些异样。

"约瑟芬尼怎么了?"

"她的头被人重重地敲了一下,脑震荡很严重。她——她的情况非常糟……他们说,他们说她也许不会康复了……"

我转身看着爸爸和塔弗纳总督察。

"约瑟芬尼被人击昏了。"我告诉他们。

爸爸一边接过话筒,一边厉声对我说:

"我告诉过你要看好她的……"

第十八章

我和塔弗纳立即坐上一辆警车,飞驰电掣般地朝斯温利方向疾驶而去。

约瑟芬尼从水箱间里钻出来的时候装模作样地对我说:"是时候发生第二起谋杀案了。"可怜的孩子没料到自己竟然是第二起案子的受害者。

我完全接受爸爸对我的责难。我应该多看着点儿约瑟芬尼。尽管我和塔弗纳都不知道下毒杀害老利奥尼迪斯的人是谁,但约瑟芬尼也许早就知道了。在我们看来孩子气的卖弄背后,也许存在着事实真相也说不定。在偷窥和刺探之间,约瑟芬尼也许已经掌握了自己未曾料到的真相。

花园里的树枝折断声犹在耳边。

那时我隐约觉得周围有危险。当时我采取了相应的行动,事后却又觉得自己疑心过重,没把它太当一回事。这点我完全错了,我应当意识到这是起杀人案,案件的凶手得冒掉脑袋的风险。如果杀人能让他安然无恙,那么他一定会毫不犹豫痛下杀手的。

玛格达是凭着母性的直觉感到了危险,所以才会当机立断要把约瑟芬尼送去瑞士。

我们抵达以后,索菲娅出门迎接我们俩。她告诉我们约瑟芬尼已经被救护车送到了马基特·巴辛将军医院,格雷医生一做好

X 光检查就会把结果通报过来。

"怎么回事？"塔弗纳问。

索菲娅带我们绕到屋子后面，穿过一道门，进入一个废弃的小院子。院子一角有扇半开的门。

"那间房子常常被用来做洗衣房，"索菲娅解释说，"门下部有个刻槽，约瑟芬尼经常站在上面摇来晃去。"

我回忆起自己小时候站在门上摇来晃去的样子。

洗衣室又小又黑。里面放着几个木盒，一些旧水管，几件丢弃不用的园艺工具和一些坏了的家具。门内放着大理石狮子制门器，看来这就是凶器了。

"这是从前门拿来的制门器，"索菲娅说，"一定是被放在门顶上了。"

塔弗纳把手伸到门顶上。门不算太高，仅仅比他的头高出了一英尺。

"凶手设了个圈套。"他说。

他实验性地把门晃荡了两下，然后蹲在地上看大理石狮子，不过没去碰它。

"有人碰过它吗？"

"没有，"索菲娅说，"我不让任何人碰它。"

"非常对。谁发现她的？"

"我发现的。吃午饭的时候她迟迟没有过来。这时保姆去喊她吃饭。保姆记得一刻钟以前看见她穿过厨房，进入马厩。保姆对我说：'她不是在拍球就是又在门上晃荡了。'我说我去捉她进来。"

"你说她有这样玩的习惯是吗？还有谁知道她的这个习惯呢？"

索菲娅耸了耸肩。

"我想家里的每个人都应该知道。"

"谁还会用这间洗衣房?园丁会用吗?"

索菲娅摇了摇头。

"现在几乎已经没人进来了。"

"房子里可以看见这个小院子吗?"塔弗纳思考着,"任何人都能悄悄溜出房子,或是从房子前面绕过来把制门器放好。但这样做有个概率问题……"

他停下话头,看了眼门,然后前后晃荡了两下。

"制门器掉下来击中和错过目标的概率都存在。错过比击中的可能性要高。约瑟芬尼比较不幸,她碰巧被击中了。"

索菲娅浑身激灵了一下。

她看了眼地板,地上有几个深浅不一的凹陷。

"似乎有人做过实验,验证掉落的效果,声音不会传到屋子里。"

"是啊,我们的确没听到任何声音。到院子里找约瑟芬尼以后,我才意识到可能出事了,没多久便发现她四肢伸展,脸贴着地躺在这里。"说到这儿时,索菲娅的声音轻了一点儿,"我在她的头发上发现了血迹。"

"那是她的围巾吗?"塔弗纳指着地上的羊毛格子围巾问。

塔弗纳用围巾小心翼翼地包起了大理石制门器。

"兴许能在上面发现指纹,"他的声音疲惫,看来信心并不是很足,"不过我觉得做这事的人一定非常小心。"接着他突然问我,"你在看什么?"

我在看破旧家具中一把靠背损坏的木椅子,椅子上有些泥土碎片。

"真是奇怪,"塔弗纳说,"有人穿着沾了泥的鞋站在上面。这是为什么?"

说着他费解地摇了摇头。

"利奥尼迪斯小姐,你是何时发现她的?"

"应该是一点过五分吧。"

"你们家的保姆看见她大约二十分钟以前出去了。谁是在那之前待在洗衣房里的最后一个人呢?"

"我不知道。也许是约瑟芬尼自己。早饭后约瑟芬尼就在那扇门上晃来荡去了。"

塔弗纳点点头。

"看来制门器是在早饭和下午一点之间放上的。那块用作制门器的大理石是前门上的,对吗?它是什么时候不见的?"

索菲娅摇了摇头。

"那扇门一直不开。天太冷了。"

"知道家里人上午都在什么地方吗?"

"我出去散了会儿步。尤斯塔斯和约瑟芬尼做作业做到十二点半,十点半时休息了一会儿。爸爸多半一直都待在图书室里。"

"你妈妈呢?"

"我散步回来的时候,她刚从浴室里出来——大概在十二点一刻左右。她每天起得都很晚。"

我们回到屋里。我跟在索菲娅身后走进了图书室。菲利浦脸色发白,看上去憔悴了很多,坐在平常坐的椅子上。玛格达跪在他膝前,小声哭泣着。索菲娅问:

"医院的电话来了吗?"

菲利浦摇了摇头。

玛格达抽泣着。

"为什么他们不让我和她一起去呢？我的孩子——我的小机灵啊！我经常叫她小怪物，惹得她如此生气。我为什么会如此残酷？现在她要死了。我知道她会死的。"

"亲爱的，别哭了，"菲利浦说，"拜托你别哭了。"

我觉得在这种悲痛的场面里没有容身之地，于是悄悄退出图书室，转身去找保姆。她正在厨房里轻声地哭。

"查尔斯先生，这是报应，这是对我的报应。我不应该去想那些不好的事情。"

我没有去揣测她的意思。

"这幢房子里有邪气，就是这个原因。我不想验证，也不想相信。但亲眼见了总不能不信。有人杀害了主人，继而又试图害死约瑟芬尼。"

"他们为何要杀害约瑟芬尼？"

保姆把手帕从眼角移开，机敏地看了我一眼。

"查尔斯先生，你很清楚这孩子是怎样的一个人。她喜欢四处探听。她一直这样，甚至连很小的一件事情都不会放过。她常常钻到餐桌底下听女仆们谈话，然后拿听来的事威胁她们。这会让她觉得自己的地位很不一般。你一定已经听说了，女主人瞧不上她，觉得她不像另外两个孩子那样伶俐乖巧。她一直是个不惹人注意的小东西。女主人一直叫她小怪物，我让女主人别这么称呼她，因为这只能让孩子变得更为乖僻。不过她总会掌握别人的事，进而据此威胁对方，以提升自己的地位。但这一套对下毒杀人犯来说无疑就不管用了。"

当然不会管用。这时我突然想起了一些别的事情。我问保姆："你知道她把黑皮本放哪儿了吗？就是约瑟芬尼经常记些事情的小本子。"

"查尔斯先生,我知道你的意思。她把那个小本子藏得很严。我看见她咬咬笔头,在本子上记录些什么,然后又咬咬笔头。我对她说,'别咬了,你会铅中毒的,'她回答说,'才不会呢,铅笔里没有铅,铅笔里只有碳。'我不明白既然没有铅为什么还称之为铅笔。"

"你的想法没错,"我说,"事实上约瑟芬尼说得没错。(约瑟芬尼总是对的!)但我想问的是她的笔记本。你知道她把笔记本放在哪儿了吗?"

"先生,这个我一点儿都不知道。她总是把笔记本东掩西藏的。"

"被人发现的时候没有找到笔记本吗?"

"没有,确实没有,我们都没看见那个笔记本。"

笔记本是被人拿走了还是被她藏在屋里了?我决定马上去找。我不知道约瑟芬尼的房间是哪一间。正当我彷徨的时候,塔弗纳的声音却传了过来。

"快到这儿来,"他说,"我在小家伙的房间里,你见过这样的场面吗?"

走进约瑟芬尼的房间以后,我不禁被眼前的一幕惊呆了。

约瑟芬尼的房间像是经历了一场台风似的。橱柜的抽屉被拉开了,东西散落一地。小床上的床套床单都被扯掉,地毯纠成一团。椅子被翻了个底朝天。墙上的照片也被取下来了,照片从镜框里脱落出来。

"我的老天,"我惊叹道,"这是怎么回事啊?"

"你怎么看?"

"有人在找东西。"

"没错。"

我四处看了一眼,吹了声口哨。

"既然没有人能在不被人发现的情况下到这儿来——犯人又是怎么做到的呢?"

"怎么会没有人呢?利奥尼迪斯太太上午在卧室里整指甲,打电话,试衣服;菲利普在图书室看书;保姆在厨房削土豆,剥豆角。在深知家人习惯的情况下,潜入这个家一点儿都不难。任何住在这幢房子里的人都能在门上放上制门器,翻乱这个房间。但这个人进行得很匆忙,他没有足够的时间仔细搜索。"

"你是说房子里的所有人都有作案的可能吗?"

"是的,我已经查过这些人的不在场证明了。菲利浦、玛格达、保姆和你的女朋友都不能为彼此作证。楼上的几位也是一样。布兰达上午一直一个人待着。劳伦斯和尤斯塔斯从十点半到十一点休息了半小时——那段时间你和他们在一起过,不过不是一直都在一起。德·哈维兰小姐一直待在花园里。罗杰在书房。"

"只有克莱门丝在伦敦上班。"

"才不是呢,甚至连她都没有不在场证明。她因为头疼没去上班,整个上午都在房间里休息。他们每一个人——他们中的任何一个都有可能下手作案!我却不知道下手的是谁!我一点儿头绪都没有。如果能知道他们在找什么的话——"

他的目光在弄乱的房间里四处乱转……

"如果能知道他们在找什么的话——"

我灵机一动,似乎回忆起一些事来……

塔弗纳的问题恰好对上了我的思绪:

"上次见她的时候她在做什么?"

"你等等。"我对他说。

我冲出房间,奔上楼梯,穿过左边的门跑到顶楼。上了顶楼以后，我推开水箱间的门，登上两级台阶，因为天花板比较低，我弯下腰四处望了望。

我问她在水箱间里干什么的时候，她说她在"侦察"。

我不明白在这个挂满蜘蛛网的水箱间里有什么好侦察的。但这样的阁楼对藏东西来说是再好不过了。我觉得约瑟芬尼很可能把什么东西藏在了这儿，某件她知道自己不该拥有的东西。如果是这样的话，这东西一定不难找到。

我只用了三分钟就找到了约瑟芬尼藏着的东西。她把东西藏在室内最大的一个水箱后面，水箱内部发出咝咝的响声，给水箱间带来一种诡异的气氛。我找到的是用破牛皮纸包着的一沓信。

我看着第一封信。

哦，劳伦斯——我亲爱的，心爱的人……你昨天晚上读的那首诗真美。尽管你没看着我，但我知道那首诗是为我写的。阿里斯蒂德说："你读的诗真好。"但他根本理解不了我们俩的感受。亲爱的，我确信不久以后一切都会好起来的。我们应该庆幸他永远不知道事实真相，庆幸他死得轻松。他对我很好，我不想他太受折磨。但我觉得八十岁之后的人生不会有什么意思了。我才不想活到八十岁呢。好在我们很快就能永远在一起了。我很想对你说，"我亲爱的丈夫……"我已经等不及那一刻的到来了。亲爱的，我们是天造地设的一对。我爱你，我爱你，爱你永远——我们的爱情天长地久——

下面还写了很多，不过我已经没有兴趣往下看了。

我绷着脸走下楼，把牛皮纸包着的信塞进塔弗纳手里。

"这也许就是那位未曾谋面的朋友要找的东西。"我告诉他。

塔弗纳看了几个段落,吹了声口哨,然后匆匆翻看其他几封信。

接着他用尝到甜头的猫一般的表情看了我一眼。

"总算抓到布兰达·利奥尼迪斯的小辫子了,"他轻声说,"还有她的那位劳伦斯·布朗。看来他们是蓄谋已久啊……"

第十九章

说来也怪,看到布兰达·利奥尼迪斯写给劳伦斯·布朗的那些信以后,我对她的同情和怜悯就烟消云散了。难道我的虚荣心在她爱着劳伦斯·布朗的事实面前就站不住脚了吗?还是说我对她的花言巧语愤愤不平?我不是个心理学家,不知道自己的立场为什么会转变得这么快。我宁愿相信这种转变是因为看到约瑟芬尼被人冷酷无情地袭击而造成的。

"要我说,大理石狮子肯定是布朗放的,"塔弗纳说,"这也帮我在一直得不到解释的问题上找到了答案。"

"你有什么没想通的?"

"唉,这么做真的很笨。听我跟你分析,在知道小孩拿到这些信——这些要人命的信以后,你先该做的是什么呢?你该做的自然是把信取回来。这样的话,即便孩子说到这些信,但因为没有了证物,也会被认为是信口胡诌。但是你却因为不知道它们藏在哪儿而不能把它们取回来。接下来就只能把孩子永久除掉了。既然已经杀了一次人,再杀一次时应该会毫不手软。你知道她会在废弃的洗衣房摇门玩,最理想的方法就是躲在门后面,用铁棒、火钳或一节硬水管在她过来的时候给她一下。这些都是随手能拿到的器物。何必要费麻烦把大理石制门器放在门上,冒着不能置孩子于死地的风险这么干(事实上也正是如此)呢?我倒要问问你——罪犯到底是出于何种心理？"

"你有答案了吗？"我问他。

"我开始以为这是为了制造不在场证明。在约瑟芬尼被大理石狮子击倒的时候，某人可以推说自己不在场。但这么说根本说不通，第一，在约瑟芬尼的事情上似乎没人能有不在场证明。其次，总会有人在午饭时间找那个孩子，那时他们会发现大理石制门器和案犯所设的局，这样一来，他的手段就显而易见了。当然，如果案犯及时把大理石制门器拿掉的话，我们也许会迷惑上一阵子。现在这种情况到底算怎么回事？"

他对我摊开了双手。

"你怎么看？"我问他。

"这是个人因素造成的。这完全符合劳伦斯·布朗的特质。他不喜欢使用暴力——无法亲手伤人。劳伦斯·布朗绝不会站在门后面，用棍棒去敲孩子的头。他情愿设个局，躲到一边，不去看事情发生的那一幕。"

"说得是，我明白了，"我缓缓说道，"伊色林的使用也是出于同样的心理。"

"正是如此。"

"你觉得布兰达一点儿都不知情吗？"

"这恰好能解释她为什么没把胰岛素药瓶给扔掉。没错，他们也许事先商量好了。下毒的计谋甚至可能是她最先想出来的，让年老的丈夫乐呵呵地去死，再没有比这更容易的死法了。但我敢打赌大理石制门器的事应该和她没有关系——女人对这种机械方面的事最不在行了。他们的计划的确很合理。我觉得伊色林毒杀应该是她的主意，调包应该是她的情夫干的。她是那种不会做不确定后果的事情的人。这样的分工才能让他们彼此都心安理得。"

塔弗纳总督察停顿了一下,接着又说:

"有了这些信以后,检察官应该能立案调查了。看来他们得费上好一番口舌!如果孩子能脱离危险,那一切就圆满了。"说着他瞥了我一眼,"娶一个百万英镑的继承人是什么感觉?"

我的脸皮不自觉地抖动了一下。过去几个小时我一直在兴奋和忙碌中不能自拔,已经把遗嘱的最新进展给忘了。

"索菲娅还什么都不知道呢,"我对他说,"需要我告诉她吗?"

"我想盖茨基尔会在明天的调查庭审以后宣布这个好坏参半的消息。"塔弗纳停顿了一下,若有所思地看着我。

"真不知道他们听了遗嘱之后会有怎样的反应。"他最后说。

第二十章

和我预想的一样,调查庭审在警方的要求下延期了。

医院来了消息,说约瑟芬尼的伤势比预想得要轻,很快就能完全恢复,这大大地振奋了大伙儿的精神。根据格雷医生的医嘱,约瑟芬尼暂时还不能和访客见面,甚至连她妈妈都不能。

"尤其是我们那位老妈,"索菲娅轻声对我说,"我特别向格雷医生申明了这点。好在他也很清楚妈妈是什么人。"

我一定露出了怀疑的表情,因为索菲娅突然这样问我:

"怎么一副不以为然的表情?"

"我只是想——我只是觉得做妈妈的——"

"查尔斯,我很高兴你能有这种传统的想法。但你真不知道我妈妈会生出什么事来。她也是不由自主,但势必会弄出戏剧化的感人场面。这种场面对一个刚刚患过脑震荡的孩子来说可算不得好事!"

"亲爱的,你真是把什么都想到了。"

"爷爷死了以后,总得有人为这个家着想吧。"

我若有所思地看了她一眼。看来老头子没有失算。利奥尼迪斯家的责任已然落在了索菲娅肩头。

调查庭宣布延期以后,盖茨基尔陪我们回到了怪屋。他清了清嗓子,傲慢地对众人说:

"我有责任向大家宣布一件事情。"

全家人为此聚集在玛格达的客厅里。这种场合使我感受到一种幕后人的快感。我已经事先知道盖茨基尔要说什么话了。

我做好了观察所有人反应的准备。

盖茨基尔的话简明扼要，不带私人感情，不加任何渲染。他首先宣读了阿里斯蒂德·利奥尼迪斯书写的说明信，然后把遗嘱内容告诉了大家。

这是个非常有趣的场面，只是我不能把所有人的反应同时观察在目。

我没太注意布兰达和劳伦斯，给布兰达的遗赠在两份遗嘱中是相同的。主要的观察目标是罗杰和菲利浦，接下来是玛格达和克莱门丝。

我的第一印象是，他们的表现都非常得体。

菲利普双唇紧闭，曲线完美的头部优雅地靠在椅子后背上。他没说话。

与之相反，遗嘱刚一读完，玛格达便滔滔不绝地侃侃而谈。她的声音盖过了盖茨基尔的细嗓门，像吞没了涓涓细流的洪水一样。

"亲爱的索菲娅——这简直太传神，太离奇了。没想到老家伙这么狡诈，这么机灵——像个老顽童似的。他不信任我们吗？他想过我们会生气吗？他似乎并不特别宠爱索菲娅，没想到会来上这么一招。不过这的确太有戏剧性了。"

玛格达突然从椅子上跳了起来，迈着舞步走到索菲娅面前，做了个姿态非常优美的屈膝礼。

"索菲娅小姐，你一无所有老弱病残的妈妈请求你垂怜，"她以纯正的伦敦口音哭求道，"亲爱的，给我们一个铜板好吗？你老妈想去看场电影。"

她的手像猫爪子一样急速地抓了下索菲娅。

菲利浦坐着纹丝不动,只是从唇缝里吐出一句话来:

"玛格达,别再扮丑角了,这样很没意思。"

"我倒无所谓,但罗杰就难办了,"玛格达突然面对着罗杰大声嚷,"可怜的罗杰,老家伙原本还打算帮你,没想到他就这么先走了。索菲娅,现在罗杰是一无所有了,"她急转向索菲娅说,"必须帮帮你的罗杰叔叔。"

"不用,"克莱门丝上前一步,带着抗议的表情,"不需要,我们什么都不需要。"

罗杰像只和善的大熊一样摇摇晃晃地走到索菲娅面前。

"我的小姑娘,我不想要你一个子儿。公司清账以后——或者说垮了以后,现在来看垮台的可能性会大些——我就和克莱门丝去西印度群岛过简单的生活。要是哪天山穷水尽了,我再来向你这个一家之主求助,"说着他对索菲娅露齿一笑,"但是在那之前,我是不会问你要一个子儿的。我是个非常简单的人,不信的话你可以问克莱门丝,让她告诉你我是个什么样的人。"

一个意想不到的声音冒了出来,艾迪丝·德·哈维兰小姐发话了。

"这样的确很好,"她说,"但你们也得照顾下面子。罗杰,如果你破产了,却没让索菲娅帮忙,这世上一定会出现许多不利于索菲娅的传闻。"

"在意别人的看法有什么用?"克莱门丝不屑一顾地说。

"克莱门丝,你才不会在意别人的看法呢,这点我们很清楚,"艾迪丝·德·哈维兰厉声说,"但索菲娅还要活在这个世上。她是个善良聪明的女孩,我对阿里斯蒂德·利奥尼迪斯让她担负这个家的决定非常赞同——尽管在我们英国人看来,传孙女却不传儿子似乎有点儿怪——如果因为没有帮罗杰避免破产而招来风言风语的话,那对索菲娅来说就太不幸了,没人希望看到这种局面。"

罗杰走到姨妈身边,双臂环住她抱了一下。

"艾迪丝姨妈,"他说,"你是个好人,同时也是个坚强的斗士,只是你不了解我们。我和克莱门丝很清楚我们要的是什么,不要的又是什么。"

克莱门丝皮包骨头的面颊上出现两抹红晕,气势汹汹地转向众人。

"你们一点儿都不了解罗杰,你们从来没了解过他,"她说,"话说回来,我也压根儿不指望你们去了解。罗杰,我们走。"

他们离开了客厅,盖茨基尔清了清嗓子,开始整理文件。他的表情极为不满。显然,他非常厌恶刚才发生的那一幕。

我的视线最终停留在索菲娅身上。她笔直而端庄地站在壁炉旁,下巴上扬,眼神坚定。她刚刚获得了一大笔遗产,但我想到的却是她突然变得如此孤独。她和家人之间倏地出现了一道壁垒。从此,她将和家里人变得越来越生分。我觉得她已经知道了这个事实,并将学着去面对。老利奥尼迪斯让她挑上了一副重担——他知道索菲娅很快就能明白他这样做的深意。他相信索菲娅足以挑起这副担子,但此时我却为她深深地感到难过。

目前为止索菲娅还没说过话——事实上她还没机会讲话,但再过一会儿她就不得不开口了。在手足之情的背后,我已经感觉到了潜在的敌意。连玛格达优雅的舞蹈动作也带着些许怨恨。涌动的暗流大都还没浮出水面。

清完嗓子以后,盖茨基尔做了一番简洁却言辞恳切的讲话。

"索菲娅，请允许我向你表达我的祝贺，"他说，"你已经是个非常有钱的女人了。我无权给你任何——呃——轻率的建议。我可以给你预支一笔钱作为现在的花销。如果你想和我谈未来安排的话，我很高兴在我能力范围之内给你最好的建议。等你把事情完全考虑清楚以后，我们可以约个时间在林肯饭店详谈。"

"罗杰。"艾迪丝·德·哈维兰又要开始絮叨了。

盖茨基尔马上插话进来。

"罗杰必须自己养活自己，"他说，"他是个五十四岁的大人了。你也很清楚，他不是做生意的料，阿里斯蒂德·利奥尼迪斯在这点上非常正确，罗杰永远成不了一个生意人。"说着他看了一眼索菲娅，"如果你想让筵席承办公司起死回生的话，千万别指望罗杰。"

"我可没想让筵席承办公司起死回生。"索菲娅说。

这是遗嘱宣读以后她第一次说话。完全是公事公办的口吻。

"让它起死回生那才叫犯傻呢。"她说。

盖茨基尔眉毛一挑，看了她一眼，然后兀自笑了笑。他和所有人道了别，然后离开了怪屋。

大家意识到留下的全是家里人了，气氛一下子冷清下来。

菲利浦动作僵硬地站了起来。

"必须回图书室了，"他说，"我已经浪费了大把的时间。"

"爸爸——"索菲娅近乎恳求地唤了一声。

菲利浦冷冷地看了她一眼。索菲娅身体一颤，不自觉地朝后退了半步。

"原谅我不能祝贺你，"他说，"但这事太让我震惊了。我不敢相信父亲竟会如此羞辱我。他完全无视我这一生的奉献——没错——我为他奉献了一生。"

菲利浦终于脱下了长久以来的冰冷面具。

"我的老天，"他大呼着，"他怎能如此对我？他总是对我不公平，一向如此。"

"别这样想。菲利普，千万别这样想，"艾迪丝·德·哈维兰大声说，"别把这看作是对你的又一次轻视。这不是什么轻视。人年老以后，自然会倾向于年轻一代……我向你保证这只是种倾向……再说，阿里斯蒂德的生意头脑非常敏锐。我经常听他说重复交遗产税的——"

"他从来不考虑我，"菲利浦的声音低沉沙哑，"他只知道罗杰、罗杰。但好在——"他英俊的脸上突然出现了一副不屑一顾的表情，"爸爸意识到罗杰不可能成功，也让他出局了。"

"还有我呢。"尤斯坦斯突然爆发了。

我一直没怎么注意尤斯坦斯，现在才发现他正激动得直打战。他脸色通红，眼眶里似乎盈满了泪水。他突然提高了嗓门，声音歇斯底里地颤抖着。

"太无耻了，"尤斯坦斯说，"真是太无耻了！爷爷怎么能这么对我？他怎么能这样？我是他唯一的孙子。他怎么能把遗产全给索菲娅？这不公平。我恨他。我恨死他了。只要我活着，我就不会原谅他。我希望他快死。我希望赶快离开这里。我希望做自己的主人。现在，我不得不听凭索菲娅的摆布，看上去像个傻瓜似的。真希望死了才好……"

他语不成句，一口气冲出了客厅。

艾迪丝·德·哈维兰咂了两下舌头。

"一点儿都不会自控。"她轻声说。

"我知道他的感觉。"玛格达冲艾迪丝大喊。

"我知道你明白。"艾迪丝刻薄地说。

"可怜的小乖乖,我必须把他找回来。"

"玛格达——"艾迪丝跟在她身后跑了出去。

她们的声音渐渐消失了。索菲娅仍旧看着菲利普。我觉得她的眼神里带着几分乞求的意味。但这种乞求并没有得到回应。他冷冷地看着自己的女儿,又一次回到了先前套在身体外面的硬壳子里。

"索菲娅,玩得真漂亮。"说完他便走出了客厅。

"这样说太残忍了。"我说,"索菲娅——"

她对我伸出双手,我连忙把她搂在怀中。

"亲爱的,这对你太沉重了。"

"我知道你的感觉。"索菲娅说。

"你爷爷不该让你独自面对这一切,真是太邪恶了。"

索菲娅挺直肩膀。

"他知道我能应付。我的确能。我只是希望——只是希望尤斯坦斯别那么在意。"

"他会接受的。"

"真的会吗?这点我很怀疑。他是那种很记仇的人。而且我也不希望父亲受到伤害。"

"你妈妈像是没什么事。"

"她实际上很介意。伸手问女儿要钱可不合她的个性。她会追着我,要我赞助艾迪丝·汤普森的那出戏的。"

"你会说什么?如果想让她高兴的话……"

索菲娅挣出我的怀抱,头朝后一仰。

"我会说'不'!那出戏很烂,妈妈也不适合出演那个角色。我不会把钱往水里扔的。"

我再也憋不住了,不禁轻声笑了起来。

"怎么了?"索菲娅狐疑地问。

"我知道你爷爷为什么把钱留给你了。索菲娅,你简直和他是同一个模子里刻出来的。"

第二十一章

我很遗憾约瑟芬尼没有看到这一幕。如果能在场,她一定会觉得非常开心。

她恢复得很快,随时都可能出院回家。但她还是错过了一件非常重要的事。

一天上午,我和索菲娅还有布兰达一起在假山庭院里漫步。这时突然有辆警车停在屋子前面。塔弗纳总督察和兰姆警长一前一后地下了车。我看着他们登上台阶,进入屋内。

布兰达站定脚直盯着那辆车。

"那些人又来了,"她说,"我还以为他们放弃了,还以为他们终止调查了!"

我发现她浑身一抖。

十分钟以前,她和我们走到了一起。她身穿灰色的鼠皮外套,对我们说:"如果不呼吸呼吸新鲜空气,不运动一下的话,我想我会疯的。出门时又会有记者缠着我,像是受到围攻似的。这种情况难道会一直持续下去吗?"

索菲娅告诉她记者迟早会不耐烦的。

"你可以乘汽车出去。"索菲娅补充道。

这时布兰达冷不丁冒出一句话来:

"索菲娅,为什么把劳伦斯解雇了?"

"我们为尤斯塔斯做了别的安排,约瑟芬尼会去瑞士读书。"

"劳伦斯很沮丧,他觉得你们不信任他。"

索菲娅没搭理她。塔弗纳的车就是此时开过来的。

布兰达站在潮湿的秋风中轻声问:"他们想干什么?他们为什么而来?"

我想我知道他们为什么会来。我没有跟索菲娅提起在水箱间发现的那些信,不过我知道塔弗纳总督察和兰姆警长已经去过检察官办公室了。

塔弗纳走出房子,跨过车道和草坪向我们走来。布兰达全身抖动得更厉害了。

"他想干什么?"接着她又紧张地重复了一遍,"他想干什么?"

不一会儿塔弗纳便来到我们身边。他用公事公办的语气轻慢地说:

"我带来了对你的逮捕证——你被控于九月十九日那天用伊色林毒杀了阿里斯蒂德·利奥尼迪斯。我想告诉你,你说的任何话都会成为呈堂证供。"

布兰达突然间崩溃了。她抓住我大声哭喊道:"不,不,不,这不是真的!查尔斯,告诉他们这不是真的!我对此一无所知。这是他们设的陷阱。别让他们把我带走。这不是真的。我告诉你……这不是真的……我没做任何事……"

太可怕了——突如其来的这一切真是太可怕了。我试图宽慰她,把她的手指从胳膊上拨开。我告诉她我会为她找一位律师,她应该马上平静下来,让律师打点一切。

塔弗纳轻轻抓住她的手臂。

"利奥尼迪斯太太,跟我来,"他说,"你想戴上帽子吗?不用是吗?那我们就马上离开吧。"

布兰达挣脱开来，用猫一样的眼睛瞪着他。

"劳伦斯，"她说，"你们对劳伦斯做了什么？"

"劳伦斯先生也被逮捕了。"塔弗纳说。

布兰达马上颓唐下来。她的身体一垮，整个人都站不住了。泪水像雨点一样从脸上滚落下来。接着她强装镇定，和塔弗纳一起穿过草坪走向汽车。这时劳伦斯·布朗和兰姆警长也走出了屋子。人全都坐进车里以后，警车马上就开走了。

我做了个深呼吸，转身看着索菲娅。她脸色苍白，显得十分沮丧。

"查尔斯，太可怕了，"她说，"真是太可怕了。"

"我了解你的感受。"

"你必须给她找个最好的律师——你找得到的最好律师。她——她必须得到一切可能的帮助。"

"我以前从没意识到这事是这幅场景，"我说，"我以前还没见过逮捕人的情形。"

"是啊，没有体会过是不知道的。"

我们一起沉默下来。我想到了布兰达脸上的狂乱，突然产生了一种似曾相识之感。我马上就知道那是为什么了。第一天来怪屋听玛格达·利奥尼迪斯讲艾迪丝·汤普森的戏时，她也是这副表情。

"恐惧，"她说，"绝对的恐惧，你不这样认为吗？"

布兰达脸上露出的正是这种绝对的恐惧。布兰达不是个斗士。不过她很可能有杀人的胆量。但也许我弄错了。也许是劳伦斯·布朗干的。他有迫害妄想症，个性多变，有胆量把瓶子里的东西互换——再简单不过了——深爱的女人可以就此解脱。

"看来一切都结束了。"索菲娅说。

她深深地叹了口气，然后问我：

"为什么逮捕他们？我觉得证据应该不充分！"

"警方找到了相当数量的证据。发现了一些信。"

"你是说他们之间的情书吗？"

"是的。"

"保留这种东西的人真是太傻了。"

没错，他们的确太傻了。他们似乎没从别人的经历中得到一点儿教训。每天打开报纸便会看到这样的蠢事——人们常爱诉诸笔墨，写下些山盟海誓的言语。

"索菲娅，整件事真是恶心透了，"我说，"不过不需要为此担心。毕竟，这是我们一直都在期望的，难道不是吗？你不是在马里奥餐馆说过，如果是合适的人干的就好了吗？布兰达不正是这样一个人吗？总的来说，布兰达或劳伦斯是比较合适的。"

"查尔斯，别这样说，你让我感到难受。"

"但我们必须理智一点儿。索菲娅，我们可以结婚了。不能再拖延下去了。利奥尼迪斯家的人不是和案子没关系了吗？"

她瞪着我。我从没发现她的眼睛是如此湛蓝。

"没错，"她说，"我想我们是摆脱嫌疑了。我们的确没有了嫌疑。但你真的确信吗？"

"亲爱的，你们谁都没有动机！"

她的脸色一下变得煞白。

"查尔斯，我有动机。"

"当然了——"我稍微有些吃惊，"遗嘱有利于你，可是你完全不知情。"

"查尔斯，我知道遗嘱的内容。"她低声说。

"你说什么？"我难以置信地看着她。心一下子坠到了谷底。

"我早就知道爷爷把钱全都留给我了。"

"你是怎么知道的？"

"爷爷告诉我的。在他遇害之前大约两个星期。有一天他突然对我说：'索菲娅，我把所有的钱都留给了你，我死以后你得照顾好全家人。'"

我呆呆地看着她，完全不相信她所说的话。

"你怎么没告诉我？"

"经历了这个过程你就应该明白，在他们解释遗嘱签订过程的时候，我还以为爷爷也许犯错了——把遗产全部留给我也许完全出自他的想象。即便存在那样一份遗嘱，它也可能丢了，不再出现。我不希望它出现——我害怕。"

"害怕？为什么要害怕？"

"我想——我想也许是由于爷爷的遇害。"

我回忆起布兰达脸上恐怖的表情——狂野的极端恐怖。让人回忆起玛格达扮演女杀人犯时刻意营造的极端恐怖。索菲娅没有什么好怕的，但她是个现实主义者，她知道爷爷的遗嘱使她成了杀人嫌疑犯。我比以前更明白她坚持要我发现真相以后再嫁给我的原因了。她说过，只有发现事实真相才于她有益。她说这话时是多么诚恳，多么热切。

我们转身朝房子走过去，这时我突然想起了她在某些场合说过的另一席话。

她说她觉得自己也能杀人，倘若如此，那必须是为了某件真正值得付出的东西。

第二十二章

罗杰和克莱门丝绕过假山庭院的拐角,生气蓬勃地朝我们走来。罗杰身上的粗花呢休闲外套比平时穿着的西装更适合他。他看上去兴奋而激动。克莱门丝却微微皱起了眉。

"你们好,"罗杰说,"终于把他们逮起来了。本来我还以为他们永远不会逮捕那个肮脏的女人了。真不知道他们在等什么。好了,这下总算把她和她那可悲的男朋友一起给抓走了——希望吊死他们才好。"

克莱门丝的眉头皱得更紧了。她说:

"罗杰,别这么粗鲁。"

"怎么粗鲁了?他们用冷酷无情的手段蓄意毒死了一个信任他们的无助老人——我在为正义得到伸张,罪犯受到惩罚而感到高兴,你却说我粗鲁。我告诉你,我恨不得亲手绞死那个荡妇。"

接着他又补充道:

"警察来抓她的时候,听说她正巧和你们在一起,是吗?她当时的表情怎么样?"

"非常可怕,"索菲娅轻声说,"她都被吓傻了。"

"这是罪有应得。"

"别幸灾乐祸了。"

"哦,我知道。但亲爱的,那是我父亲,你是不会理解的。

不是自己的亲人不会有那么深的感触。我爱我父亲。你明白吗?我爱他。"

"我现在理解了。"

罗杰半开玩笑地对她说:

"克莱门丝,你一点儿想象力都没有。换作是我被人下毒的话——"

克莱门丝的眼皮耷拉下来,她握起拳头严厉地说:"这种事连玩笑也不能开。"

"亲爱的,别介意,我们很快就能远离这一切了。"

我们朝房子走去。罗杰和索菲娅走在前面,我和克莱门丝跟在后面。克莱门丝突然对我说:

"我想现在他们应该让我们走了吧?"

"你们着急要走吗?"我问。

"我都快受不了了。"

我惊讶地看了她一眼。她微微一笑,轻轻地点了点头。

"查尔斯,你没发现我一直在战斗吗?为自己和罗杰的快乐而艰苦作战。我一直害怕家里人会说服他留在英国,这样我们就会永远和他们搅在一起,永世不得翻身了。我害怕索菲娅会给他一份收入,让他继续留在英国,因为他一直以为留在英国对我来说会更好一点儿。罗杰的问题是他根本不听人劝。他经常会冒出各种主意,但这些主意大都是不对的。他什么都不知道。他继承了利奥尼迪斯家的传统,认为女人的快乐源自舒适和金钱。但我要为我的快乐而奋斗。我会把罗杰带走,让他过一种适合他,不会让他感受到失败的生活。我希望他只做自己,离开他们所有那些人,马上就离开——"

她的声音低沉急促,带着一种令人惊惶的绝望气息。我从没意识到她是那么紧张。我从没意识到她对罗杰的感情是如此炽烈。

我想起了艾迪丝·德·哈维兰小姐的古怪用词。她怪声怪气地说起"盲目崇拜"。我很想知道她是不是特指克莱门丝。

我觉得罗杰对父亲的爱超过了任何人,甚至超过了他深爱的妻子。我第一次意识到克莱门丝急切地想要得到丈夫的全部。我认识到对丈夫的爱是她的全部价值。他是她的丈夫和情人,也是她的孩子。

一辆车开了过来。

"看啊,"我说,"约瑟芬尼回来了。"

约瑟芬尼和玛格达下了车。约瑟芬尼头上绑着绷带,但总体情况还不错。

她一下车立刻说:

"我想看我的金鱼。"说着她朝池塘奔了过去。

"亲爱的,"玛格达冲着她直嚷,"你最好先到床上去躺一会儿,最好再喝些营养汤。"

"妈妈,别烦我了,"约瑟芬尼说,"我已经好了,而且讨厌喝营养汤。"

玛格达看上去有些犹豫。我知道约瑟芬尼几天前其实已经可以出院了,塔弗纳却暗示她再留几天。在把嫌疑犯锁定和羁押之前,他是不会拿约瑟芬尼的安危冒险的。

我对玛格达说:

"我想新鲜空气的确对她有好处。我会看着她的。"

我在约瑟芬尼走到池塘前追上了她。

"你不在的时候发生了很多事。"我告诉她。

约瑟芬尼没有说话,只是眯着眼看着池塘。

"我没看见费迪南德。"她说。

"哪条是费迪南德?"

"有四个尾叉的那条。"

"四条尾叉的鱼肯定很有趣。但我喜欢亮金色的那条。"

"那条鱼太普通了。"

"我不太喜欢那条表皮坑坑洼洼的白色金鱼。"

约瑟芬尼轻蔑地看了我一眼。

"那是条棒槌鱼,它们比金鱼贵多了。"

"约瑟芬尼,你不想听听发生了什么事吗?"

"我想我都知道。"

"你知不知道又发现了一份遗嘱?你爷爷把钱都留给索菲娅了。"

约瑟芬尼不胜其烦地点了点头。

"妈妈告诉我了。不过我早就知道了。"

"你是说在医院听说的吗?"

"不是。我早就知道爷爷把所有的遗产都给索菲娅了。我亲耳听到的。"

"又是偷听到的吗?"

"是的,我喜欢偷听。"

"记住,偷听是不名誉的行为,偷听是不会有好结果的。"

约瑟芬尼惊奇地看了我一眼。

"爷爷对索菲娅说了些关于我的话,也都被我偷听到了。"

然后她又补充道:

"碰到我在门口偷听的时候,保姆会很抓狂。她说这不是年轻淑女应该做的事情。"

"她说得很对。"

"放屁，"约瑟芬尼说，"现在谁还说什么淑女。电台里说早没有这种淑女了，他们说那是冥顽不化的东西。"她困难重重地说出了"冥顽不化"这个词。

我改变了话题。

"你回来稍微晚了点儿，"我继续刺激她，"没有看见塔弗纳总督察逮捕布兰达和劳伦斯的那一幕。"

我原本期待这个消息能让想做侦探的约瑟芬尼大为震惊，她却只是不耐烦地重复着：

"是的，我知道了，我已经知道了。"

"你不可能知道，那是刚刚发生的事。"

"我们乘的车和警车擦肩而过，塔弗纳总督察和穿山羊皮鞋的警长押着他们坐在车里，所以我知道他们一定是被捕了。希望能给他们适当的提示才好。你知道吗？这是你必须做的。"

我告诉她塔弗纳完全是遵照办案规程办案的。

"我必须把信件的事情告诉他，"我抱歉地说，"我在水槽后面发现了那些信。如果你没有被击昏的话，我原本想让你亲口告诉警察的。"

约瑟芬尼情不自禁地摸了摸头。

"我本来会死的，"她扬扬得意地说，"我告诉你该是发生第二起谋杀案的时候了。水箱间可不是个藏东西的好地方。劳伦斯从那儿出来的时候我立马就猜到了。我是说他可不是那种修水管和保险丝的人，所以我知道他必定在里面藏了什么东西。"

"我原本还以为——"话说到一半，便被艾迪丝·德·哈维兰极富权威的声音打断了：

"约瑟芬尼，马上过来，马上给我过来。"

约瑟芬尼叹了口气。

"真是烦人,"她说,"但碰上的是艾迪丝姨婆的话,我最好还是过去。"

她跑过草坪,我慢慢地跟在后面。

简单的交谈过后,约瑟芬尼回到房里。我和艾迪丝·德·哈维兰一起站在门前的台阶上。

此时,艾迪丝·德·哈维兰的样子和自己的年纪非常相符,我被她脸上的倦容惊呆了。她看上去筋疲力尽,一副挫败的样子。她看出了我的关切之情,试图强装出笑容。

"那个孩子似乎还没得到教训,"她说,"今后我们必须好好看着她,不过现在应该不需要看得那么紧。"

她叹了口气,然后接着说:

"很高兴这一切都结束了。不过也真够惊心动魄了,杀了人的话,你就必须表现得有种一点儿。我最看不惯布兰达那种一碰到事情就立刻崩溃的人了。这种人真是没胆。劳伦斯·布朗看上去像只吓傻的兔子一样。"

我突然感到一种难以名状的同情。

"可怜的家伙们。"我感叹了一声。

"是的——的确很可怜。我想她应该能照顾好自己吧?我是说找个律师之类的事。"

这可真是奇怪,他们都不喜欢布兰达,却希望她能得到最好的辩护。

艾迪丝·德·哈维兰又说:

"需要多久?整个案子需要持续多久?"

我告诉她我不清楚。他们会受到起诉,之后也许会送交审判。粗略估计要三四个月。定罪的话,还会拖延得更久。

"你觉得他们会被定罪吗?"她问。

"我不知道,不知道警方掌握了多少证据。我只知道警方掌握了他们的来往书信。"

"情书——你说的是情书吗?"

"他们彼此相爱。"

她的脸色变得更难看了。

"查尔斯,我不希望这样。老实说,我不喜欢布兰达。过去我很讨厌她,一直对她粗言相向。但现在——现在我却希望她能得到——得到拯救自己的机会。阿里斯蒂德希望如此,我觉得自己有责任让布兰达受到公平的对待。"

"那劳伦斯呢?"

"哦,是劳伦斯!"她不耐烦地耸了耸肩,"男人必须自己照料自己。但如果我们不能保护好布兰达的话,阿里斯蒂德——"话说到一半她就不往下说了。

接着她又说:

"快吃午饭了,我们最好快进去。"

我告诉她我准备去伦敦。

"开你的车去吗?"

"是的。"

"不知道能否和你一起去。我想我们应该能自由行动了吧。"

"当然可以,不过我想玛格达和索菲娅饭后也要去伦敦,她们的车比我的双座车要舒服一点儿。"

"我不想和她们一起去。别废话,赶紧带我走。"

我感到很吃惊,但还是照她说的做了。我们在进城的路上没有说什么话。我问她在哪儿放下她会比较好。

"哈利街。"

我隐约感到了什么,但什么都没有说。这时她话锋一转:

"现在还太早了。把我在德本汉姆街放下吧。我可以先在那儿吃午饭,然后再去哈利街。"

"我希望——"我欲言又止。

"这正是我不想和玛格达一起去的原因。她总是爱把普通的事情戏剧化,真让人心烦。"

"我感到很难过。"我说。

"大可不必。我这辈子过得很快乐,非常快乐。"她突然对我露齿一笑,"况且还没完呢。"

第二十三章

我有一阵子没见到爸爸了。我发现他在忙别的案子,于是改道去找塔弗纳。

塔弗纳正好没什么事,很愿意和我出去一起喝一杯。我就破案向他表示祝贺,他接受了我的祝贺,样子却不太高兴。

"好了,事情总算结束了,"他说,"我们成功地立了案,谁都无法否认这是个刑事案。"

"你觉得可以给他们定罪吗?"

"很难说。我们拿到的只是间接证据——谋杀案常常如此——直接证据很难到手。很大程度取决于陪审团的印象。"

"那些信能派上用处吗?"

"乍看起来,那些信非常致命。信中提到了丈夫死后他们在一起生活的事情。信中提到'不久以后我们就能永远在一起了。'但你要知道,辩方律师可以对此做出完全不同的解释。他们会说阿里斯蒂德已经很老了,死亡是可以预期的。信中没有白纸黑字地提到谋杀——尽管很多段落包含了这样的意味。一切都要看法官会怎么想了。如果是老卡伯利当法官的话,那他们就完了,卡伯利最痛恨这种不名誉的爱情。我想他们大概会找伊格尔斯或汉弗莱·科尔为他们辩护——汉弗莱很擅长类似的案子——但是要有辉煌的战斗经历来帮助辩护。有同情心的反战者完全不符合他的风格。重点是陪审团是否喜欢他们。陪审团历来是难以捉摸的。查尔斯,你想必也知道,他们不是那种能博得同情的类型。布兰达是个为了钱嫁给老头儿的漂亮姑娘,布朗是个神经兮兮的反战者。模式也很平常——典型得让人确定无疑他们真的干了。当然,他们也许会认定是布兰达干的,而布朗一无所知——或者说是布朗做的,而布兰达一无所知——当然也许会认定他们是串通起来干的。"

"你怎么看?"我问他。

他面无表情地看着我。

"我没有任何看法。我只是把事实呈交到检察官那儿,让他们得以立案而已。我已经完成了自己的任务,接下来就看检察官的了。查尔斯,你应该完全能了解。"

但我并不是很了解。因为塔弗纳似乎不太高兴。

三天以后,我把心里话一股脑儿地对父亲说了出来。他从没主动跟我谈过这个案子。我们之间似乎存在一些隔阂——我想我知道原因何在。必须把阻隔在我们之间的那层壁垒打破。

"我们就直说吧,"我说,"塔弗纳不满意这个结果,他觉得这个案子不一定是那两个人干的。我想你也一定这样认为。"

爸爸摇了摇脑袋。他和先前的塔弗纳一个调调。"没我们的事了。这是一个等待判决的刑事案件。这点是毫无疑问的。"

"难道你和塔弗纳不觉得他们是无罪的吗?"

"那是陪审团该判断的事情。"

"别拿法律术语来应付我,"我说,"你们俩私下里怎么看?"

"查尔斯,我的看法和你的一样不管用。"

"没错,但你比我更有经验一些。"

"那我就诚实地告诉你——我真的无法对这次的案子给出

判断。"

"他们可能是有罪的吗?"

"哦,当然有可能。"

"但你不确定,对吗?"

爸爸耸了耸肩。

"谁能有十足的把握呢?"

"爸爸,别戏弄我了。别的时候你不是很确信、非常确信吗?被你认准的情况不也有很多吗?"

"有时的确是这样,但不是每一次都是。"

"真希望这次你也能信心满怀!"

"我也是这么希望的。"

我们沉默下来。我脑子里出现了暮色中花园里的那两条阴影。孤独,恐惧,如鬼附身,他们一开始就很害怕。这不正是出于做贼心虚的心理吗?

我自问自答:"这并不算充足的证据。"布兰达和劳伦斯都很不自信——他们没自信避险,摆脱悲惨的命运。他们看得很清楚,知道不名誉爱情所导致的谋杀嫌疑任何时候都可能落到他们头上。

爸爸严肃而和蔼地开了口:

"查尔斯,让我们正视现实吧,"他说,"你还是认为利奥尼迪斯家族的一员是这起案件的凶手,是吗?"

"不能完全这样讲。我只是觉得——"

"你就是这么想的。你也许错了,但你真是这么想的。"

"是的。"我承认道。

"为什么?"

"因为——"我尽力思考着,试图找出这么说的原因,"因为,"——没错,就是这个——"因为他们也是这么想的。"

"他们也是这样想的?这实在是很有趣,非常有趣。你是说他们互相怀疑,还是说他们实际上知道是谁干的?"

"我不是很确定,"我说,"现在我还一点儿摸不着头绪。我觉得——我觉得从总体上来说——他们都在试图对自己隐瞒真相。"

父亲点了点头。

"只有罗杰没有隐瞒真相,"我说,"罗杰真的相信是布兰达干的,一心想把布兰达送上绞架。和罗杰在一起非常舒心,因为他为人正直,胸无城府,没有半点儿私心。

"其他人却心里有愧,非常不安,敦促我让布兰达得到最好的辩护,为她提供各种便利条件——这又是为了什么?"

爸爸回答说:"因为他们不是打心眼儿里认为她是有罪的……没错,这样看才比较合理。"

接着他轻声问:

"他们在包庇谁呢?你不是已经和他们都谈过了吗?谁最有可能动手?"

"我不知道,"我说,"这个案子快把我急疯了。他们都不符合你所谓的'杀人者肖像',但我觉得——我真的觉得——他们之间有一个凶手。"

"可能是索菲娅吗?"

"不会,天哪,绝对不会。"

"查尔斯,你考虑过这种可能性——是的,的确有这种可能性,别跟我否认这一点。你越不承认,就说明在你的心目中这种可能性越大。在你看来,其他人有可能吗?比如说菲利浦。"

"不太可能,很难想象他会出于什么动机干出杀人的事来。"

"动机可能是稀奇古怪的,也可能是荒诞不经的。说说看,他会有什么动机？"

"他非常妒忌罗杰，一直都很妒忌。与菲利浦相比，老人给罗杰的爱更多一点儿。罗杰快破产了，老人听说后答应帮他重新站起来。假设菲利浦听说了这件事，他会怎么办呢。如果老人死了，罗杰就会因此而孤立无援、一败涂地。我知道这么说很荒唐——"

"根本不荒唐。这种事虽然不太正常，却经常会有。这是人之常情。你怎么看玛格达？"

"她非常孩子气。她——她办事不守常规。如果不是突然要把约瑟芬尼送到瑞士的话，我压根儿不会联想到她。我不禁觉得她也许害怕约瑟芬尼知道些什么，或者可能会说出什么来——"

"那约瑟芬尼被击中头部该怎么看？"

"哦，那不可能是做母亲的干的。"

"为什么不？"

"爸爸，做母亲的不会——"

"查尔斯，查尔斯，你就没看过警务新闻吗？母亲不喜欢自己的某个孩子不算是新闻了。母亲不喜欢某一个孩子，把自己的全部情感投入到其他孩子身上。这其中总会有些原因，有些关联，外人很难参透。但这种情感是存在的，而且是毫无理由，非常强烈的。"

"她把约瑟芬尼称为小怪物。"我不情愿地承认道。

"那孩子介意吗？"

"应该不介意。"

"还有谁有可能？罗杰？"

"罗杰不可能杀他父亲，我很确信这一点。"

"那就把罗杰排除掉。那他的妻子呢——应该叫克莱门丝吧？"

"是叫克莱门丝,"我答道,"如果是她杀的,那一定是为了一个非常诡异的理由。"

我把我和克莱门丝的对话告诉了他。我告诉他,为了让罗杰离开英国,克莱门丝确实有可能给老人下毒。

"她劝罗杰悄悄离开,却被老人发现了。老人准备复兴筵席承办公司。克莱门丝的计划和希望瞬间化为泡影。她深爱着罗杰——几乎到了'盲目崇拜'的程度。"

"你在重复艾迪丝·德·哈维兰所说的话!"

"没错。说到艾迪丝,我觉得她也有杀害老利奥尼迪斯的可能。只是不知道为什么。我只能说,只要有足够和适当的理由,她就会把法律置之度外。她就是那种人。"

"她也极力要求让布兰达得到最好的辩护吗?"

"是的,我想这是因为她良心上有愧。如果真是她干的,她就绝不会嫁祸在其他人身上。"

"也许是不会。只是约瑟芬尼会是她击昏的吗?"

"不会,"我缓缓地说,"我不信她会做这种事。这倒让我想起了约瑟芬尼对我说过的一些话,我一直在回想,但就是想不起来。这段话平白无故从我的记忆中溜走了。这些话正是解决案子的关键所在。如果能想起来的话——"

"别介意,总会想起来的。你是不是还想到了其他一些事或其他一些人?"

"是的,"我说,"的确想过。你对小儿麻痹症了解多少?我是指这种病症对心理的影响。"

"你是指尤斯坦斯吗?"

"是的。我越想越觉得尤斯坦斯符合作案人的肖像。他性格阴沉,古怪,憎恨他祖父。总之,他完全不是个正常的孩子。"

"如果约瑟芬尼了解到了他的什么事的话,他是唯一能冷酷无情地将她击昏的人。约瑟芬尼很可能知道了他的一些事情,那孩子无所不知。她把知道的事情写在一个小本子上——"

我突然停住了。

"天哪,我真是太笨了。"我说。

"怎么了?"

"我总算知道哪里出错了。我和塔弗纳一直认为弄乱约瑟芬尼房间的人是在找那些信。我以为约瑟芬尼在拿到了那些信以后把它们藏在了水箱室里。但前一天约瑟芬尼跟我说话的时候,她明确说明把信藏在水箱室的是劳伦斯本人。她看见劳伦斯鬼鬼祟祟地从水箱室里出来,然后进去翻找,找出了信。自然,她随后看了那些信。她肯定会这么干!但约瑟芬尼却把信留在了水箱室里。"

"这又怎么了?"

"难道你还不明白吗?闯入者在约瑟芬尼房里找的肯定不是那些信。他在找别的什么东西。"

"你指的别的什么东西——"

"应该是约瑟芬尼记录'侦察结果'的小黑本。闯入者找的就是它。我觉得他肯定没找到那个小本子,小本子应该还在约瑟芬尼手里。不过如果是这样的话——"

我支起身子。

"如果是这样的话,那约瑟芬尼的状况还会很危险,"爸爸说,"你是想说这个吗?"

"没错,在去瑞士之前一直会很危险。想必你已经知道了,她妈妈想把她送到瑞士去读书。"

"她本人想去吗?"

我考虑了一下。

"应该不太想。"

"她很有可能不会去,"爸爸冷冷地说,"但你说的危险是确实存在的,我想你最好赶快过去一趟。"

"是尤斯坦斯还是约瑟芬尼?"我急切地问。

爸爸不紧不慢地说:

"我已经找到了明确的方向……我想你只是暂时没看清。我……"

格洛弗推开门。

"打扰一下,查尔斯先生,有你的电话。利奥尼迪斯小姐从斯温利给你打来了电话。她说事情很紧急。"

一个可怕的轮回。看来约瑟芬尼又遭毒手了。这次凶手不会再失手了吧……

我奔到电话旁边。

"索菲娅,我是查尔斯。"

话筒里传来索菲娅绝望的声音。"查尔斯,事情还没完。凶手还在家里。"

"你是什么意思?出事了吗?是不是约瑟芬尼——"

"不是约瑟芬尼,是家里的保姆。"

"保姆?"

"是的,毒药放在约瑟芬尼的热可可里。约瑟芬尼没喝,把可可留在桌上。保姆觉得浪费太可惜。于是便喝了它。"

"可怜的保姆。她的情况一定很不好吧?"

索菲娅哽咽了。

"哦,查尔斯,她死了。"

第二十四章

重回噩梦。

和塔弗纳开车离开伦敦时,我这样想着。我们万万没想到又回到了这条路上。

塔弗纳不时大声骂几句。

我一再毫无用处地重复着:"这么说不是布兰达和劳伦斯了,这么说不是布兰达和劳伦斯了。"

难道我真的这样看吗?我只知道自己乐于看到这种状况,极力避免其他更为邪恶的可能性。

他们真诚地相爱。他们彼此书写了情真意切的情书。他们乐于见到布兰达的老丈夫平静快乐地离去——但他们真的想让老利奥尼迪斯死吗?我一直觉得相比淡而无味的婚姻生活来说,凄苦的情事更适合他们。我认为布兰达不是个容易激动的人,她太贫乏、太冷淡了。她所追求的只是浪漫而已。之后我又想到了劳伦斯,在我看来,他追求的是挫折的爱情,而不是切切实实的肉体欢愉。

他们惊恐不安地落入了陷阱,却没有摆脱困境的才智。愚笨的劳伦斯甚至没有毁掉布兰达的情书。布兰达多半已经把劳伦斯的情书毁掉了,因为那些信至今还没被发现。洗衣间门上放的大理石制门器不是劳伦斯放的,放置制门器的家伙还没揭开神秘的面纱。

我们把车开到怪屋门口。我跟在塔弗纳身后下了车。门厅里站着一个我不认识的便装男子。他朝塔弗纳敬了个礼,塔弗纳把他拉到了一边。

我的注意力被门厅里的一大堆行李吸引了。行李上贴好了标签,正准备装车送走。克莱门丝走向楼梯,穿过过道尽头敞开的那扇门。她穿着平时的红色套装,外面套了件粗花呢大衣,头上戴着一顶红色的毡帽。

"查尔斯,你来得正好,我们正要离开。"她说。

"你们要离开吗?"

"我们今晚去伦敦,我们的飞机明天一早飞。"

她面带笑容,神情安详,不过我发觉她的眼神非常警觉。

"但你们现在不能走。"

"为什么不能?"她的声音非常凶悍。

"保姆的死和我们一点儿关系都没有。"

"也许是和你们无关。但——"

"为什么说'也许无关'?这根本和我们没有任何关系。我和罗杰一直在楼上整理行装。热可可留在桌上时,我们一次都没下过楼。"

"你能给出证明吗?"

"我能给罗杰证明,罗杰能为我作证。"

"这不算……别忘了你们是夫妻!"

她的脾气一下子爆发出来。

"查尔斯,你真是不可理喻。我和罗杰正准备离开这儿,去展开新的生活。我们为什么要杀害那个对我们无害的老太太?"

"你们想谋害的不一定是她。"

"我们才不会去毒杀那个小屁孩呢。"

"这不是孩子的问题,我想你应该很清楚。"

"你这是什么意思?"

"约瑟芬尼不是普通的孩子。她对人性揣摩得很清楚。她——"

我没有再说下去。约瑟芬尼出现在通向客厅的门口。她仍旧咬着苹果,两只冷酷的眼睛在红艳艳的苹果上闪闪发亮。

"保姆和爷爷一样是被人毒死的,"她幸灾乐祸地说,"这不是很有趣吗?"

"你难道不伤心难过吗?"我正色道,"你不是很喜欢她吗?"

"才不喜欢呢。她老是为各种事指责我,这种烦人的老太婆死了才好。"

"约瑟芬尼,你喜欢过谁吗?"克莱门丝问。

约瑟芬尼把冷酷的目光转向克莱门丝。

"我喜欢艾迪丝姨婆,"她说,"我非常喜欢她。我原本也可以喜欢尤斯坦斯的,但他对我太野蛮,对探明一切是谁干的根本没有兴趣。"

"约瑟芬尼,停止调查吧,"我告诉她,"太危险了。"

"不必发现更多了,"约瑟芬尼说,"我已经知道得够多了。"

门厅里安静了一会儿。约瑟芬尼的眼睛一眨不眨地定格在克莱门丝身上。此时身后突然传来一声长长的叹息。我猛地转身,发现艾迪丝·德·哈维兰正站在楼梯之间——不过我知道叹息声不是她发出来的。声音来自约瑟芬尼刚刚穿过的那道门。

我跨步迈过那道门,猛地把门拉开,却什么都没发现。

我感到了深深的困惑。有人刚刚站在门后,把约瑟芬尼的话全都听去了。我退后几步,挽起约瑟芬尼的胳膊。她正一边吃苹果,一边直直地望着克莱门丝。严肃的神情背后隐藏着恶作剧成功的欣喜。

"约瑟芬尼,跟我来,"我对约瑟芬尼说,"我想和你谈谈。"

我知道约瑟芬尼一定会提出抗议,不过这时我完全没心思跟她扯皮。我拉起她的手,把她拽到了她住的房间那头。那里有间很久没人用的小房间。我把她带进去,重重地关上门,让她坐在一把椅子上。接着,我拖过一把椅子,和她面对面坐着。"约瑟芬尼,我们摊牌吧,"我对她说,"你到底知道些什么?"

"很多事。"

"这个我很清楚。你的小脑袋里确实装满了各种毫不相干的事情。但你应该很清楚我指的是什么,对不对?"

"当然知道,我可不笨。"

我不知道她在贬低我还是在贬低警察,不过我并没理会她的揶揄。

"你知道谁在热可可里放了东西吗?"

她点点头。

"你知道谁毒死了你爷爷吗?"

约瑟芬尼再一次点了点头。

"那你知道谁用制门器打了你的头吗?"

约瑟芬尼又一次点了点头。

"那你就要把所知道的一切交代出来,请告诉我——现在就说。"

"我不说。"

"你必须说。知道和探听来的消息必须全都报告给警察。"

"我不会告诉警察任何事情。他们很愚蠢。他们以为是布兰达或劳伦斯干的。我才不会那么蠢呢。我很清楚不是他们干的。我始终有个想法,后来又做了个测试——现在我知道我是对的了。"

她得意地结束了宣告。

我乞求上苍给我耐心,继续训导她。

"约瑟芬尼,我知道你很聪明,"约瑟芬尼的表情很开心,"但如果你不能继续活下去,你就无法得知事实真相了,这种聪明又能有什么用呢?你难道不明白再这样傻呵呵地保密下去自己会很危险吗?"

约瑟芬尼煞有介事地点了点头。"这点我很明白。"

"你已经经历过两次生死一线的险境了,一次差点儿死掉,一次送了别人的性命。你难道不明白继续在房子里扯着嗓门喊知道凶手是谁的话,凶手会继续行动——从而造成你或别人死亡的后果吗?"

"侦探小说中人会一个接一个地死去,"约瑟芬尼得意扬扬地说,"最后能指认出凶手只是因为他是唯一活下来的人。"

"这可不是什么侦探小说。这里是斯温利的怪屋。你这个愚蠢的小傻瓜看了太多不该看的东西,我会使出一切办法让你把秘密说出来。"

"我可以告诉你一些不真实的事情。"

"你可以,但肯定不会这么干。话说回来,你究竟在等什么?"

"你不明白,"约瑟芬尼说,"我可能永远不会往外说。要知道,我也许——也许很喜欢这个人。"

她停顿了一下,似乎想使这句话给我留下深刻的印象。

"如果真要告诉别人的话,"她又说,"我会采取一种妥当的方式告诉大家。我想让大家围坐在一起,把线索一条条跟大家说出来,接着再大喝一声:

"'凶手就是你……'"

她猛地伸出食指,恰巧碰上艾迪丝·德·哈维兰走进房间。

"约瑟芬尼，把苹果核丢到废纸篓里去，"艾迪丝说，"你带了手绢没有？你的手指很黏。我要把你带到外面的车上去。"说着她意味深长地看了我一眼，"接下来的一两个小时最好别待在家里，"看到约瑟芬尼不想服从的神情，艾迪丝又补充了一句，"我们去郎布里奇市场吃苏打冰激凌吧。"

约瑟芬尼的眼睛亮了。"我要吃两个。"

"取决于我的心情，"艾迪丝说，"把你的帽子、外套、深蓝色围巾拿来戴上。外面天气很冷。查尔斯，你最好跟她一起去拿。别离开她。我要写几封信。"

她在书桌边坐下了，我陪着约瑟芬尼离开了小房间。即使艾迪丝不说，我也会像水蛭一样缠着约瑟芬尼。

我确信约瑟芬尼随时可能会发生危险。

看着约瑟芬尼换好衣服以后，索菲娅走进约瑟芬尼的房间，她看到我显得很吃惊。

"查尔斯，你怎么干女仆做的事？我不知道你已经来了。"

"我要和艾迪丝姨婆一起去郎布里奇市场，"约瑟芬尼郑重其事地说，"我们去那儿吃冰激凌。"

"你们倒好，在这种日子吃冰激凌？"

"苏打冰激凌既养身又好吃，"约瑟芬尼说，"当你身体里觉得冷的时候，苏打冰激凌能让你通体发热。"

索菲娅皱起眉头，看起来忧心忡忡。我为她的黑眼圈和苍白脸色感到担心。

我们回到了那间很久没人用的小房间。艾迪丝正在写几个信封。看到我们，她马上站了起来。

"我们现在就走，"她说，"我吩咐过埃文斯，让他把福特车开过来。"

说着她便走向门厅,迈开了大步,我们在她后面亦步亦趋。

我又一次注意到了门厅里放着的箱子和蓝色标签。不知为何,它们让我隐约觉得有点儿不安。

"天可真好。"艾迪丝·德·哈维兰戴上手套,看了看天。这时福特车已经等在了屋前,"天有点儿冷——但感觉很清爽。真正的英伦秋日。光秃秃的树看上去简直太美了,只有几片金黄色的树叶还挂在树上……"

她沉默了一会儿,然后转身亲了亲索菲娅。

"亲爱的,再见了,"她说,"别太担心,总有些事是必须忍受的。"

接着她又说:"约瑟芬尼,跟我走。"然后便上了车。约瑟芬尼跟在她身旁上了车。

车开走以后,她们不约而同回头向我们招手。

"她也许不知道任何事情,只是想跟我们显摆。你想必已经知道了,约瑟芬尼希望突出自己。"

"没那么简单。你知道热可可里放的是什么毒吗?"

"放的是毛地黄苷。艾迪丝姨婆因为心脏病要吃这种药。她在房间里放了整整一瓶。现在那个瓶子空了。"

"应该把那么危险的东西锁起来。"

"她锁了。但对某些人来说,找到藏钥匙的地方应该不难。"

"某些人?你指的是谁?"我又看了一眼面前的一大堆行李,突然大声对她说:

"他们不能走,不能让他们走。"

索菲娅看上去非常吃惊。

"你是说罗杰和克莱门丝吗?查尔斯,你不会是认为——"

"那你怎么认为?"

索菲娅伸出手,做了个无助的手势。

"查尔斯,我不知道自己该怎么想,"她轻声说,"我只知道——只知道自己又陷入了噩梦。"

"我明白你的心思。我和塔弗纳开车过来的时候也这么说过。"

"因为这的的确确是个噩梦。在你认识的人之间行走,看着他们的脸——突然间他们的脸全变了——不再是你认识的脸——是陌生人——是残忍的陌生人……"

索菲娅大叫一声:

"查尔斯,快出去——快跟我一起出去。还是外面更安全一些……我害怕留在这幢房子里……"

第二十五章

我们在花园里待了很久。出于默契,我们没有讨论紧压在心头的恐惧感。索菲娅充满感情地跟我讲起了死去的保姆,讲起了她们一起做的那些事,讲起了孩提时和保姆一起做的游戏——以及老太太跟她叙述的罗杰和她父亲以及他们其他兄弟姐妹的陈年往事。

"事实上尤斯塔斯和约瑟芬尼都是她养大的。战争期间她回来帮忙,那时尤斯塔斯还很小,约瑟芬尼才出生没多久。"

回想起这些事以后,索菲娅稍稍平静了一点儿。为了转移她的注意力,我鼓励她继续说下去。

我不知道塔弗纳此时正在做什么。估计他正在轮番盘问住在房子里的人。警察局的摄影师和两个不知身份的人开着车走了,一辆急救车开了过来。

索菲娅禁不住打了个寒战。急救车马上就开走了。据说是来运保姆的尸体,准备尸检的。

我们仍然走走停停,一直在交谈,但都言非所想,聊着和案子无关的事情。

过了许久,索菲娅打了个寒战,说:

"一定已经很晚了,天都快黑了。我们还是进去吧。艾迪丝姨婆和约瑟芬尼应该回来了吧……现在她们应该已经回来了吧?"

我隐约感到有些不安。这是怎么了？艾迪丝是不是有意把孩子带离怪屋的？

我们走进屋。索菲娅马上将窗帘放了下来。炉火点燃了，大客厅显现出一种与谋杀案明显不和谐的奢华气氛。桌子上放着几大盆褐色的菊花。

索菲娅按了一下铃，一个先前在楼上见过的女仆端着茶走了进来。她的眼睛红红的，还不住地抽着鼻子，突然回头时目光十分惊恐。

玛格达进来和我们一起喝茶，只有菲利浦的茶要送到图书室里去。玛格达还没缓过劲儿来，伤心得几乎不怎么说话。她只问了一句：

"艾迪丝和约瑟芬尼哪儿去了？她们在外面待得太晚了。"

说话时她显得言不由衷，没了往常那种兴致。

我更为不安了。我问玛格达，塔弗纳是不是还在屋里，玛格达说她想应该是。我走出客厅找到了塔弗纳，告诉他我很为小女孩和哈维兰小姐感到担心。

他快步走到电话跟前，下了几道指令。

"一有消息就立刻通报给你。"他告诉我。

我向他表示感谢，然后返回客厅。索菲娅在客厅里和尤斯坦斯在一起。玛格达已经离开了。

"有消息以后他会马上告诉我的。"我对索菲娅说。

她轻声对我说：

"查尔斯，发生什么事了，肯定发生什么事了。"

"亲爱的。现在还不算太晚。"

"瞎担心什么！"尤斯塔斯说，"她们可能去电影院了。"

尤斯塔斯一瘸一拐地走出客厅。我对索菲娅说："她也许带约瑟芬尼去宾馆了，或者去伦敦了。她肯定意识到约瑟芬尼处于极度的危险之中——也许比我们的感受还要深。"

索菲娅用一种令人难以捉摸的忧郁眼神看着我。

"她跟我吻别过……"

我不是很清楚这句说到一半的话代表什么意思，也不知道她想对我表达什么。我问她，玛格达是不是很担心。

"你问我妈妈吗？她才不担心呢。她一点儿都没有时间观念。她正在读瓦瓦索尔·琼斯的新戏《当家的女人》。那是一部有关谋杀的轻喜剧——主人公是布卢比尔德①的女性翻版——要我说，作者无疑抄袭了《砒霜和陈酒》里的片段，好在里面的女性角色还不错，一个疯狂得想当寡妇的女性。"

我没再多说话。我们俩坐着，假装各读各的书。

六点半时，塔弗纳推门走了进来，他的脸色说明了一切。

索菲娅站起身来。

"怎么了？"她问。

"对不起，我给你们带来了坏消息。我发出了寻找那辆车的协查通报。有个开车的人报告说在弗莱克斯珀荒地看到一辆相似牌号的福特车驶离了主干道——开进了树林。"

"那里不是只能通往弗莱克斯珀采石场吗？"

"是的，利奥尼迪斯小姐，"他顿了顿，然后继续说，"我们在采石场找到了那辆车。两个乘客都死了。好在她们没受太大的折磨，很快就死了。"

"我的约瑟芬尼！"玛格达出现在门口，她哀声哭号着，"约瑟芬尼……我的孩子。"

---

① 法国民间故事中连杀了六个妻子的男人。

索菲娅走到她身旁，抱住她。

我突然想起一些事情来。我想起艾迪丝·德·哈维兰小姐刚才在书桌上写了几封信，并把信带到了门厅。

不过上车的时候她没有拿着信。

我跑进门厅，走到橡木柜子前。在一把铜制茶壶后面找到了这些不易发现的信。

最上面的那封信是写给塔弗纳总督察的。

塔弗纳正巧跟在我后面。我把信递给他，看着他撕开了信封。我在他身边了解了信件的基本内容。

我希望这封信在我死后才被人找到。我不想描述细节，但愿意承担杀死姐夫阿里斯蒂德·利奥尼迪斯和保姆珍妮特·洛维的全部责任。在此我严正声明，布兰达·利奥尼迪斯和劳伦斯·布朗与阿里斯蒂德·利奥尼迪斯的死毫无干系。只要问一下哈利街七百八十三号的米切尔·查瓦斯医生就能知道我的生命已经没几个月了。我情愿用这种方式结束生命，也不想让两个无辜的青年蒙受不白之冤。我的心智正常，完全知道自己在写什么。

艾迪丝·埃尔弗瑞达·德·哈维兰

读完信后我才意识到索菲娅也看了这封信——只是不知她有没有得到塔弗纳的同意。

"艾迪丝姨婆……"索菲娅轻叹道。

我想起了艾迪丝·德·哈维兰狂踩野草的一幕，想起了起初对她无端的怀疑。只是这又是为什么——

索菲娅说出了我想提出的问题。

"为什么是约瑟芬尼？为什么她会把约瑟芬尼带在身边？"

"为什么她要这么干？"我终于发问了，"她的动机是什么？"

话还没说完，我便洞悉了真相。我把整件事清楚地看明白了。这时我才意识到手中还捏着她写的第二封信。我低下头，在信封上看见了自己的名字。

这封信比第一封要厚得多。打开信之前我就知道里面是什么了。我打开信封，约瑟芬尼的小黑皮本立刻掉了出来。我从地板上拾起黑皮本，在手里摊开，我看见第一页上写着……

索菲娅说话了，她的声音清晰而悠远。

"我们弄错了，"她说，"这不是艾迪丝干的。"

"是啊。"我说。

索菲娅凑近我低声说：

"是约瑟芬尼，对吧？一定是约瑟芬尼干的。"

我们一同低头看着我手上的小黑本，发现上面用不成熟的孩童字体写着：

今天我杀了爷爷。

第二十六章

我后来一直责怪自己为什么这样后知后觉。真相一直呈现在我面前。约瑟芬尼，只有约瑟芬尼符合所有的杀人犯要素。她的虚荣心，她的自我为大的信念，她那爱说话的个性以及夸耀自己聪明、指责警察愚蠢，都一再说明了这一点，我却视而不见。

没有念及她是因为她是个孩子。孩子也会杀人，这桩奇特的杀人案恰好在孩童的能力范围之内。老利奥尼迪斯提供了杀人的手法——他亲自给约瑟芬尼绘就了蓝图。约瑟芬尼只要避免留下指纹就能成事，而这一点完全能在她读过的侦探小说里学到。其余的就是从侦探小说中搬来的大杂烩了：小黑本，她的侦察活动以及假装确定了谁是凶手……

高潮的一幕自然是对自己的那次袭击了。这个举动实在太冒险了，她几乎为此断送了自己的小命。但身为孩子的她并没考虑这种可能性。她把自己看作是个女英雄，女英雄是不会被杀的。但她在那儿留下了一点儿线索——洗衣房破椅子上那一小块污泥。约瑟芬尼需要爬上椅子才能把制门器放在门顶，家里其他人则轻轻松松就可以够到。制门器显然错过了她很多次——从地上的擦痕可以看出。她不厌其烦地爬上椅子，把制门器重新放在门顶，手里拿着手帕避免将指纹沾到制门器上。最后制门器终于准确地砸中了要害——和死神的距离曾只有一线之隔。

这个计谋非常完美,所有人都觉得凶手把她当成了目标。她很危险,她知道一些"线索",被人袭击了!

她故意把我引到了水箱室。在去水箱室之前,还故意把房间弄得乱糟糟的。

从医院回家以后,她却发现布兰达和劳伦斯都已经被捕了,这时她必定很不高兴。案子了结意味着她不得不从聚光灯下走开。

于是她把从艾迪丝房里偷来的毛地黄苷放在自己的热可可里,没喝一口,又把可可留在了门厅的桌子上。

约瑟芬尼预料到保姆会去喝那杯饮料吗?也许吧。从那天早晨的言行来看,约瑟芬尼对保姆极其痛恨。一生都在和孩子打交道的保姆怀疑过她不正常吗?我想保姆肯定意识到了她和别的孩子的不同,知道她不太正常。她智力发育过早,道德观念薄弱。这和遗传因素有关——也许这就是索菲娅所说的因为家族的冷淡狂妄所造成的残忍。

她具有祖母家族的不容人的残忍,具有玛格达的自我中心式的残忍,只从自己的观点出发看事情。她和菲利浦一样敏感,想必也因为被当成了家里的丑孩子、不被人重视而感到痛苦。最后,她还继承了老利奥尼迪斯的古怪品质。她是老利奥尼迪斯的孙女,有不输于他的头脑和智慧——老利奥尼迪斯把爱都给了家人和朋友,她却只留给了自己。

老利奥尼迪斯应该已经意识到了家里其他人没有意识到的事情,知道约瑟芬尼可能对自己或他人造成危险。他不让她去上学,怕她会惹出事情。他庇护着约瑟芬尼,把她关在家里,现在我终于明白他为什么急着要让索菲娅看着约瑟芬尼了。

玛格达仓促送约瑟芬尼出国上学的决定应该也是事出有因——她害怕那个孩子吗?也许不是出于害怕,而是一种本能的母性直觉。

艾迪丝·德·哈维兰又是什么情况？从怀疑、恐惧、进而演变到肯定吗？

我低头看着手里的这封信。

亲爱的查尔斯，

　　这封信只有你可以看——如果你觉得应该让索菲娅看的话，可以让她也看看。有人了解真相是非常必要的。我在后门外废弃的狗屋里找到了这个小本子，是约瑟芬尼把它藏在那儿的，小黑本证实了我的猜测。我所采取的行动也许是对的，也许是错的——这个我现在无法判断。但无论如何，我的生命走到了尽头，我不想让那孩子为自己所犯的罪受到折磨。

　　家族里总会有个"不太正常"的家伙吧。

　　如果我错了的话，乞求上帝能原谅我——但我这样做完全是出于爱。愿上帝保佑你们大家。

　　　　　　　　　　　　　　　　艾迪丝·德·哈维兰

我犹豫了片刻，立刻把信交给了索菲娅。我们再一次打开了约瑟芬尼的小黑本。

　　今天我杀了爷爷。

我们一页页翻看着。这是本令人惊愕的作品。在心理学家看来一定非常有趣。它赤裸裸地写出了自我中心主义者受到挫折以后所表现出的强烈愤怒。作案动机全写在里面，尽管在我们看来是可笑而幼稚的。

　　爷爷不让我学芭蕾舞，所以我决定杀掉他。只要他一死，我们就能去伦敦了，妈妈不会介意我去跳芭蕾的。

我只看了几条记录，但已经够让人震惊了。

　　我不想去瑞士——我就是不想去。如果妈妈硬让我去，我会把她也给杀掉的——只是我拿不到毒药了。也许能用野草莓，书上说那个有毒。
　　尤斯塔斯今天惹得我很生气。他说我只是个女孩，做侦探的事很蠢。要是让他知道杀人的是我，他应该就不会觉得我蠢了。
　　我喜欢查尔斯——但他非常蠢。我还没想好嫁祸在谁身上。也许是布兰达和劳伦斯——布兰达对我很不好——她说我不太正常，但我喜欢劳伦斯——夏洛特·科尔代伊的故事就是他告诉我的——夏洛特在一个男人洗澡时杀了他。这样做非常不聪明。

最后一条记录令我非常吃惊。

　　我恨保姆……我恨她……我恨她……她说我只是个小丫头。她说我太爱表现了。她让妈妈送我出国……我也要杀她解恨——我想艾迪丝姨婆的药应该管用。如果再发生一起谋杀案的话，警察就会再来，那一定会很有趣。
　　保姆死了。我很高兴。我还没决定把放有小药片的瓶子藏在哪儿。可能是克莱门丝伯母的房间——也可以放在尤斯塔斯那里。当我年迈将死的时候，我会把这一切都写信交代给总督察，让他见识一下完美的犯罪是什么样的。

我合上小黑本。索菲娅的眼泪止不住地流了下来。

"哦，查尔斯——哦，查尔斯——这太可怕了。没想到她是这样一个小恶魔——只是——只是她也太可怜了。"

我的感受也是如此。

我喜欢过约瑟芬尼……而且依然喜欢她……你是不会因为对方得了肺结核或某种不治之症而讨厌一个人的。约瑟芬尼的确是一个索菲娅口中的小恶魔，但她是个下场悲惨的小恶魔。她天生就很乖僻——一个生长在怪屋里的畸形儿。

索菲娅突然想到一个问题。

"如果——如果她还活着的话，会发生什么事？"

"她会被送到少管所或一所特殊的学校。过段时间被释放——或是送进精神病院，很难说得清。"

索菲娅听着直打寒战。

"那还不如像现在这样。只是我不想让艾迪丝姨婆承担罪责。"

"这是她自己选择的道路。我觉得这件事不会公之于众。对布兰达和劳伦斯的审判会草草了事，指控一定不会成立，他们肯定很快就会被无罪开释。

"至于你，索菲娅，我要你嫁给我，"我的声音变得温柔，把她的双手握在手中，"我刚刚收到了分派到波斯的通知。我们一起去那儿，你就把这儿给忘掉吧。你妈妈可以去演戏，你爸爸可以买更多的书，尤斯塔斯则很快要上大学了。别再为他们担心。想着我就好了。"

索菲娅直直地看着我。

"查尔斯，娶我这样一个女人，难道你不害怕吗？"

"为什么要怕？家族里的不良品质全都集中在约瑟芬尼一个人身上，你说我还怕什么呢？索菲娅，在我看来，利奥尼迪斯家族的勇敢和其他一切美好品质都传承到了你身上。你爷爷对你评价很高，他似乎从来没走过眼，因此你完全没必要否定自己。亲爱的，昂起头吧，未来属于我们。"

"查尔斯，我听你的。我爱你，决定嫁给你，和你幸福一生。"说着她低头看了一眼我手中的小黑本，"可怜的约瑟芬尼。"

"的确很可怜。"我附和道。

"查尔斯，真相如何？"爸爸问我。

我从来没对老头儿撒过谎。

"老爸，不是艾迪丝干的，是约瑟芬尼。"我告诉他。

爸爸轻轻地点了点头。

"我想也是，"他说，"我很早就知道是她干的了。可怜的孩子啊……"

Crooked House
Copyright © 1949 Agatha Christie Limited. All rights reserved.
Letter for Chinese Reader, New Star Edition by Mathew Prichard © 2013 Mathew Prichard.
Translation © 2023 arranged by New Star Press, Agatha Christie Limited. All rights reserved.
www.agathachristie.com
AGATHA CHRISTIE, *AgathaChristie*® and the AC Monogram Logo are registered trade marks of Agatha Christie Limited in the UK and elsewhere. All rights reserved.
Published by agreement with ACL.
Simplified Chinese edition copyright: 2023 New Star Press Co., Ltd.

图书在版编目（CIP）数据

怪屋 /（英）阿加莎·克里斯蒂著；陈杰译 . —— 北京：新星出版社，2023.6
（阿加莎·克里斯蒂侦探小说全集：精装典藏版）
ISBN 978-7-5133-4914-7

Ⅰ . ①怪… Ⅱ . ①阿… ②陈… Ⅲ . ①侦探小说 – 英国 – 现代 Ⅳ . ① I561.45

中国国家版本馆 CIP 数据核字 (2023) 第 055464 号

午夜文库
谢刚 主持